The Burden

爱的重量

〔英〕
阿加莎·克里斯蒂 著
柯清心 译

人民文学出版社

著作权合同登记号 图字 01-2016-8672

图书在版编目(CIP)数据

爱的重量/(英)阿加莎·克里斯蒂著;柯清心译.
—北京:人民文学出版社,2016
(阿加莎·克里斯蒂"心之罪"系列)
ISBN 978-7-02-012109-0

Ⅰ.①爱… Ⅱ.①阿…②柯… Ⅲ.①长篇小说-英国-现代 Ⅳ.①I561.45

中国版本图书馆 CIP 数据核字(2016)第 245186 号

The Burden
Copyright © 1956 The Rosalind Hicks Charitable Trust.
All rights reserved.
AGATHA CHRISTIE® and the Agatha Christie Signature are registered trade marks of Agatha Christie Limited in the UK and elsewhere.
All rights reserved.
Agatha Christie, a Mary Westmacott novel.

本书译文由台湾远流出版事业股份有限公司授权使用

责任编辑　卜艳冰　杜　晗
装帧设计　汪佳诗
封面插画　晚　门

出版发行　人民文学出版社
社　　址　北京市朝内大街 166 号
邮政编码　100705
网　　址　http://www.rw-cn.com

印　　制　山东德州新华印务有限责任公司
经　　销　全国新华书店等

字　　数　158 千字
开　　本　890 毫米×1240 毫米　1/32
印　　张　8.25
版　　次　2017 年 1 月北京第 1 版
印　　次　2017 年 1 月第 1 次印刷

书　　号　978-7-02-012109-0
定　　价　32.00 元

如有印装质量问题,请与本社图书销售中心调换。电话:01065233595

目录

序幕 · 001
第一部　劳拉-1929 · 005
第二部　雪莉-1946 · 057
第三部　卢埃林-1956 · 147
第四部　一如初始-1956 · 223

特别收录
● 玛丽·韦斯特马科特的秘密　罗莎琳德·希克斯 · 254

因为我的轭是容易的，我的担子是轻省的。
　　　　　——《圣经·新约·马太福音》第十一章三十节

主啊，您以最强烈的喜悦
撼醒我的灵魂；
或者，主啊，我宁可在灵魂死亡之前，
冷酷地选择，
让您以痛苦罪恶，
刺入我已死的心！
　　　　　——史蒂文森（R.L.Stevenson）

序幕

教堂里寒凉阴暗，时值十月，开暖气尚嫌早，户外阳光看似温暖宜人，阴凉的灰石教堂内却湿冷如冬。

劳拉，夹立于衣领袖口洁净无瑕的奶妈和助理牧师亨森先生之间。牧师感冒卧床了，代理的亨森先生显得年轻而单薄，他喉结突出，语声尖高，还带着鼻音。

富兰克林太太倚在肃然挺立的丈夫臂上，看来娇弱而迷人。第二个女儿的降临，并未抚平富兰克林先生失去查尔斯的痛，他想要儿子，但据医师表示，他不会有儿子了⋯⋯

富兰克林先生的眼神从劳拉身上，转向在奶妈怀中啜呀作声的开心婴儿。

两个女儿……劳拉是个可爱的好孩子,新生的宝宝长得也好,她的到来可谓熠熠生辉,但男人想要的是儿子呀。

查尔斯——金发的查尔斯甩头欢笑的模样何其迷人,他是如此地俊秀、聪明伶俐,如此地与众不同,为何死去的孩子不是劳拉……

他突然与长女四目交接,苍白的小脸上那对悲愁的大眼,富兰克林先生因罪恶感红了脸。他在胡想什么?

说不定孩子猜中他的心事了,他当然也爱劳拉……只是……只是,她永远不可能成为查尔斯。

安杰拉·富兰克林靠在丈夫身上,半闭着眼对自己说:"我的儿子,我漂亮的儿子,我的至爱……我仍无法相信,为何走的人不是劳拉?"

安杰拉丝毫不觉得罪恶,她比丈夫更坦率直接,不矫饰自己的需求,她坦言自己的第二个孩子,她的长女,永远不会、也不可能比儿子重要。与查尔斯相比,劳拉是个十分败兴的孩子:她死气沉沉、乖巧规矩、不造乱,却缺乏……怎么说呢,缺乏个性。

安杰拉寻思:"查尔斯……没有什么能弥补我失去查尔斯的痛。"她感觉丈夫按着她的手臂,便睁开眼睛,她得专心参加仪式才行。可怜的亨森先生,声音怎会如此难听啊!

安杰拉怜惜地看着奶妈怀里的宝宝,一个小到连"宝宝"这个名称都嫌过大的孩子。

原本香睡的宝宝眨呀眨地睁开眼了,好清亮的蓝眼,就像查尔斯的那般,而且她还快乐地呀呀出声。

安杰拉心想:"那是查尔斯的笑声。"一股母爱油然而生,她的宝宝,她心爱的亲生骨肉。查尔斯殇逝的阴影,首次遁入往昔中。

安杰拉看到劳拉阴郁悲伤的眼神,不免好奇地想:"不知道那孩子在想些什么?"

奶妈也意识到笔直静立在身旁的劳拉了。

"这么安静的孩子,"她心想,"我觉得太过安静了,一般小孩哪会如此沉静、规矩,大家都没把注意力放在她身上,没给她该有的疼惜,不知现在……"

亨森教士就快进行到最令他紧张的步骤了,他很少施洗礼式,若牧师在就好了。亨森看到劳拉忧郁的眼神与严肃的表情。好个乖巧的孩子,不知她心里想些什么?

亨森和奶妈不知道,阿瑟和安杰拉·富兰克林也都不知道。

不公平……

噢,太不公平了……

妈妈疼小宝宝,就像疼查尔斯一样。

不公平……

她恨小宝宝，恨她、恨她、恨她！

"我希望她死掉。"

劳拉站在洗礼盆前，耳中尽是庄严的圣词，然而比圣词更为清晰真实的，却是那犀利如字的念头："我希望她死掉……"

奶妈轻推劳拉，将宝宝交给她，低声吩咐："小心唷，把妹妹抱稳，然后交给牧师。"

劳拉也低声回道："我知道。"

劳拉低头望着怀里的婴儿，心里想着："假如我松手让她掉下去、摔在石地上，她就会死了吗？"

坠在灰色坚硬的石地上。可是婴儿不都包得很……很厚实吗？问题是，她该这么做、敢这么做吗？

劳拉犹疑着，时机晃眼即逝，宝宝已到了紧张兮兮的亨森教士手上了，他真的没有牧师的老练沉稳。亨森正在询问受洗者的姓名，并跟着劳拉复诵。雪莉·玛格丽特·伊夫琳……水自宝宝的额上落下，小宝宝没哭，只是咯咯发声，仿佛发生天大的趣事。教士戒慎地亲吻宝宝额头，因为牧师向来会这么做，然后才松口大气地将宝宝交还给奶妈。

洗礼结束了。

第一部
劳拉-1929

第一章

站在洗礼盆旁边的孩子，静敛的外表下酝酿着日益高涨的抗拒与苦恼。

自查尔斯死后，劳拉一直暗自希望……虽然她为哥哥的死感到悲痛（她以前真的很喜欢查尔斯），但悲伤却逐渐被强烈的渴求与期望淹没。俊秀迷人、个性开朗的查尔斯在世时，集三千宠爱于一身，劳拉觉得那很正常，也很公平。她向来安静鲁钝，又是个紧接着老大后出生的、往往较不得人疼的老二。父母待她不错，也颇关心，但查尔斯才是他们的心肝。

有一次，劳拉不小心听到母亲对来访的友人说："劳拉虽乖,却太无趣了。"

她只能绝望地照单全收。劳拉确实是个无趣的小孩,她矮小苍白,不会说话逗乐大家——查尔斯就很厉害。她乖巧,不给任何人添麻烦,但觉得自己一点也不,而且永远也不会,重要。

有一回她对奶妈说:"妈妈偏心,比较爱查尔斯,不爱我……"

奶妈立即驳斥道:"说什么傻话,哪有这回事,你妈妈两个都爱。她总是很公平,做母亲的每个孩子都疼。"

"猫咪就不是那样。"劳拉想到最近刚出生的小猫。

"猫是动物,"奶妈避重就轻地说,"而且别忘了,上帝爱你。"

劳拉接受这个说法,上帝爱你,他非爱不可。然而劳拉觉得,就算是上帝,大概也最偏爱查尔斯吧……因为创造查尔斯的成就感一定高过于创造她。

劳拉安慰自己:"当然了,我可以最爱自己,我可以比查尔斯、妈妈、爸爸或任何人都更爱我自己。"

从这次之后,劳拉变得愈发苍白、安静、客气,乖巧到连奶妈都觉得不安。奶妈私下跟女佣说,好怕劳拉会"早夭"。

然而,夭亡的竟然是查尔斯,不是劳拉。

❖

"何不让那孩子养只狗?"鲍多克先生突然建议他的老友,劳拉的父亲。

阿瑟·富兰克林一脸错愕,因为他正兴高采烈地跟鲍多克辩论改革问题。

"什么孩子?"他不解地问。

鲍多克用他的大头朝劳拉的方向点了点,她正安静地骑着小脚踏车,在草地边的树林间穿梭,无所谓欢乐,也从不做危险的动作。劳拉是个小心翼翼的孩子。

"干嘛让她养狗?"阿瑟问,"狗很麻烦,总是满脚沾泥地跑进屋里,弄脏地毯。"

鲍多克像在讲堂上似的用语不惊人死不休的口气说:"狗有提升人类自尊的神奇能力,对狗而言,主人即是它崇敬的神,且不仅崇敬,套句现代的颓废说法,还爱得不得了。"

"大部分人养狗,是因为狗让他们觉得尊贵、有权势。"

阿瑟说:"哼,你认为那是好事吗?"

"几乎不能算是,"鲍多克说,"但我心软,喜欢看别人开心,我希望看到劳拉快乐。"

"劳拉快乐得很。"劳拉的父亲又说,"反正她已经有猫了。"

"算了!"鲍多克表示,"那根本是两回事,如果你肯用点心思就会明白了。你的问题就在这儿,你从不思考,听你刚才对改革时期经济条件的看法就知道了,你真的认为……"

两人重拾舌战,辩得不亦乐乎,鲍多克更是高谈阔论。

然而阿瑟·富兰克林的心中却留下了阴影,当晚他走进妻子房间,突然问正在换装的妻子说:"劳拉没事吧?她过得还开心吗?"

安杰拉用美丽的蓝眼睛瞪着他看,那对眼眸和查尔斯一模一样。

"亲爱的!"她说,"当然了!劳拉向来很好,不像大部分的小孩会乱发脾气,我从来不必为她操心。她各方面都很满足啊,我们真运气。"

过了一会儿,安杰拉扣起项上的珠链,突然问道:"怎么了吗?你今晚为什么问起劳拉?"

阿瑟·富兰克林含糊地说:"噢,鲍弟……说了一些话。"

"哦,鲍弟!"富兰克林太太好笑地说,"你知道他是什么样。他就是爱找碴。"

几天后,鲍多克因故来吃午饭,众人离开餐厅时,在走廊上遇见奶妈,安杰拉·富兰克林故意拦住奶妈朗声问:"劳拉小姐还好吗?她健康快乐吗?"

"噢,是的,夫人。"奶妈笃定且有点不悦地说,"她是个非常乖巧的小女孩,从不调皮捣蛋,不像查尔斯公子。"

"原来查尔斯会给你惹麻烦哪?"鲍多克问。

奶妈毕恭毕敬地回道:"先生,公子和一般男孩一样,总爱闹着玩!他慢慢大了,不久就要上学了。这年纪的男生总是精力十足,不过他的消化不太好,背着我吃太多甜食了。"

她露出宠爱的笑容,摇着头继续前行。

"奶妈还不是疼他疼得要命。"众人进入客厅时,安杰拉说。

"显然如此。"鲍多克意味深长地说,"我觉得女人都是傻子。"

"奶妈才不傻——差得远呢。"

"我不是指奶妈。"

"说我?"安杰拉瞪他一眼,但并未太凶,毕竟他是知名而特立独行的鲍多克,放肆点无妨,其实这也是他可爱的一点。

"我在考虑写一本关于第二个孩子的书。"鲍多克说。

"天哪,鲍弟!你不会想鼓吹只生一个小孩吧?我觉得怎么看都不妥。"

"噢,十口人的家庭若能健全发展,好处当然不少,分担家事、兄姊照顾弟妹等等,大家各安其位。提醒你,小孩一定得做事,不能让他们闲着。这年头大人跟傻瓜一样,把孩子区隔开来，分什么'适龄团体'！美其名曰教育，得了吧！这根本违反自然！"

"你的理论真多。"安杰拉包容地说，"你说第二个孩子怎么了？"

鲍多克一本正经地说："第二个孩子的问题，在于失去新鲜感。老大是场冒险，让人害怕又痛苦；妻子觉得自己快死了，丈夫（在此以阿瑟为例）也相信你濒临垂危。等熬过一切后，小宝宝啼声惊天地出世了，这是夫妻俩费尽千辛万苦才得来的，自然对老大疼爱有加！我们的第一个结晶，太美好了！接着老二紧跟着出世，所有过程重来一遍，只是这回已没那么恐怖，也相对无趣许多。孩子虽是自己的，但已非全新的经验，于是你不会花太多心思在他身上，感觉也就没那么愉悦了。"

安杰拉耸耸肩。

"你这单身汉倒什么都懂。"她嘲讽地喃喃说，"那老三、老四和其他孩子不也一样？"

"不尽然，我发现老三跟兄姊间的年龄差距通常较大，老三往往是在老大、老二长大些，夫妻觉得'再添个宝宝也不错'的状况下出生的。我不懂讨人厌的小孩有什么好玩，但我想那是生物本能吧，于是夫妻俩又接着往下生，有些可爱有些坏，有的聪明有的呆，不过老三多少能融入大家，最后跟老大一样受宠。"

"所以你要说的是，这样很不公平吗？"

"没错，人生本来就不公平！"

"那我们能怎么办？"

"不能怎么办。"

"鲍弟，你到底想说什么？"

"前几天我跟阿瑟提过，我是个心软的人，希望看别人快乐，补偿别人一些得不到的东西，让事态稍显公平。何况，假如你不——"他顿了一下，"或许会有危险……"

❖

"我觉得鲍弟简直胡扯。"安杰拉等客人离开后，焦虑地对丈夫说。

"约翰·鲍多克是英国最举足轻重的学者之一。"阿瑟眼神一凛。

"噢，我知道那些。"安杰拉有丝不悦，"如果他谈的是希腊罗马律法，或晦涩的伊丽莎白时期诗人，我一定洗耳恭听，但他哪懂得孩子的事？"

"应该完全不懂。"她先生说，"对了，前几天鲍弟建议让劳拉养只狗。"

"狗？但劳拉已经有猫了。"

"鲍弟说，那是两码子事。"

"太诡异了……我记得曾听他说过他不喜欢狗。"

"我相信他的确不喜欢。"

安杰拉若有所思地说:"查尔斯也许倒该养只狗,有一天牧师住处那几只小狗朝他冲过去时,他看起来挺害怕的。我不喜欢看到男孩子怕狗,假若查尔斯有自己的狗,就会习惯了。他也应该学骑术,我希望他有自己的小马,如果我们有马厩就好了!"

"恐怕养马是不可能的。"富兰克林说。

厨房里,侍候用餐的女佣埃塞尔对厨娘说:"鲍多克那老家伙也注意到了。"

"注意到什么?"

"劳拉小姐呀,她大概活不久了,他们还去问奶妈呢。哎呀,她长得就不是长寿相,也不像查尔斯公子那么活泼。你等着看吧,她不会活着长大的。"

然而,死的却是查尔斯。

第二章

查尔斯死于小儿麻痹症,他在学校里去世;另外两个男孩也染了病,却复原了。

丧子的悲恸几乎将身体羸弱的安杰拉彻底击溃。查尔斯,她心疼入骨的爱儿,她英俊活泼的儿子。

安杰拉躺在漆黑的寝室里呆望着天花板,连哭都哭不出来。她丈夫、劳拉和仆人们只敢蹑手蹑脚地在死寂的房中走动,最后医师建议阿瑟带妻子出国透透气。

"彻底换个空气和环境,她必须振作起来。找个空气清新的山区吧,也许可以到瑞士去。"

于是阿瑟带妻子上路,把劳拉留在家中由奶妈照顾,另外请女家教威克斯小姐每天来访；威克斯为人和善，却十分古板。

对劳拉来说，她的父母不在的日子是一段快乐时光。严格说来，她是家中的女主人！每天早上她"监督厨娘"，指定一天的菜色。身材胖壮的好脾气厨娘布朗顿太太会调控劳拉的建议，让实际推出的菜单与她自己筹算的相符，但又丝毫无损劳拉的权威感。劳拉不那么想念父母了，因为她在心里幻想双亲归来的情景。

查尔斯的死固然悲哀，因为爸妈最疼爱查尔斯了，这点劳拉无话可说，但现在，现在，轮到她闯入查尔斯的领地了。现在劳拉成了独生女，他们所有的希望都系在她身上，将对她倾注所有的感情。劳拉幻想两人归家的那一日，妈妈张开双臂……

"劳拉，我亲爱的，你是我现在世上唯一仅有的了！"

那些温馨感人的场面，都是现实中安杰拉或阿瑟绝不可能会做或说的事。然而劳拉却渐渐相信，那些温暖而富戏剧张力的画面将成事实。

劳拉沿着小巷走到村庄的途中，在心中演练对话，不时扬眉、摇头、低声喃喃自语。

她沉浸在浪漫的幻想里，却没看到从村里朝她走来的鲍多克先生，他推着附有轮子的园艺篮，里头摆了采买回家的杂物。

"哈啰，小劳拉。"

劳拉倏然从赚人热泪的幻想中惊醒，她正在幻想母亲瞎了，而她，劳拉，则刚刚婉拒一位子爵的求婚。（"我永远不会结婚的，对我来说，我的妈妈就是一切。"）小女孩涨红了脸。

"爸爸妈妈还没回来啊？"

"是的，他们还要十天才回来。"

"原来如此，想不想明天过来陪我喝茶？"

"好啊。"

劳拉非常兴奋，鲍多克先生在约十四英里外的大学执教鞭，他在村中有间小屋，放假和周末常过来。鲍多克拒绝与人为善，且公然、不客气地拒绝贝布里镇民的多次邀请。阿瑟·富兰克林是他仅有的朋友，两人是多年老友了。约翰·鲍多克并不友善，他对学生极为严苛，好笑的是，最顶尖的学生常被他磨得出类拔萃，而剩下的则遭弃之不顾。鲍多克写过几部深奥冷僻的大部头史书，用语艰涩，能解者寥寥可数。出版商婉转地请他写得浅显易懂些，结果反被痛训一番，鲍多克表示，他的作品只为那些懂得欣赏的读者而写！他对女人尤其无礼，女人却觉得他魅力无穷，总是不断投怀送抱。这位偏执而傲慢无礼的鲍多克，其实有着意想不到的好心肠，虽然这与他的原则相违。

劳拉明白，获得鲍多克先生邀请喝茶是无上的荣耀，便精心打扮梳洗,但心里还是觉得鲍多克很令人畏惧。

管家带她进入图书室,鲍多克抬起头望着她。

"哈啰,"他说,"你来这里做什么?"

"您邀我来喝茶呀。"劳拉说。

鲍多克慎重地看着她,劳拉也用严肃有礼的眼神回望,成功地掩饰内心的惶然。

"有吗?"鲍多克揉揉鼻子,"嗯……是的,好像有,真不懂我干嘛邀你来。好吧,你最好坐下来。"

"坐哪儿?"劳拉问。

这是个好问题,因为图书室净是一排排高至天花板、挤满书本的书架,而且还有许多摆不上去的书籍,成堆叠放在地面、桌子及椅子上。

鲍多克一脸懊恼。

"咱们得想点办法。"他郁郁地说。

他挑了张书较少的扶手椅,咕哝着将两大摞沾满灰尘的厚书搬到地上。

"好啦。"他拍拍手上的灰尘,结果开始猛打喷嚏。

"这里都没人进来除尘吗?"劳拉静静坐下来之后问。

"不想活命的就可以进来!"鲍多克说,"不过我告诉你,这可是我拼命才争取来的。女人最爱挥着黄色的大除尘掸,带着一罐罐油腻腻、闻起来像松节油的臭东西闯进来,搬动我所有的书,完全不管主题地乱堆!然后扭开恐怖的机器吸呀吸,最后才心满意足地走开,把图书室搞得至少得花一个月才能找到你要的资料。女人哪!我实在想象不出上帝在创造女人时究竟在想什么,他八成觉得亚当太自得了,自诩为世界之王,为动物命名。虽然是该挫挫亚当的锐气,但创造女人实在做得太过火了。瞧瞧可怜的亚当被整成什么样子!被打入原罪。"

"很遗憾。"劳拉歉然地说。

"你遗憾个什么劲儿?"

"遗憾您对女人有那种感觉。因为我想我就是个女人。"

"你还不算女人,谢天谢地。"鲍多克说,"反正还要很长一段时间后才是,虽然那天迟早会到,但不高兴的事先不用想。顺便告诉你,我并没有忘记你今天要来喝茶的事,一刻都没忘!我只是因为某种理由而装个样子罢了。"

"什么理由?"

"嗯……"鲍多克又揉揉鼻子,"原因之一,我想看看你的反应。"他点点头,"你的反应还不错,非常好……"

劳拉不解地看着他。

"还有另一个理由,假如你想和我做朋友——看起来可能性很大——就得接受我这脾性:一个粗鲁、没礼貌、坏脾气的老家伙。明白了吗?别期待我会讲好话,'亲爱的孩子,真高兴看到你,好期待你来'之类的。"

鲍多克讲到最后几句,捏起假嗓说得颇激动,劳拉绷紧的表情一松，哈哈笑出声来。

"那样就太好笑了。"她说。

"是啊，非常好笑。"

劳拉恢复肃然，打量着鲍多克。

"你觉得我们会成为朋友吗？"她问。

"这得双方同意才行，你愿意吗？"

劳拉想了一下。

"感觉好像……怪怪的。"她不甚确定地说，"朋友通常不都是跑来跟你玩游戏的人吗？"

"我才不跟你唱儿歌，什么'头儿肩膀膝脚趾'，休想！"

"那是幼儿玩的。"劳拉反驳道。

"我们的友情一定得建立在智性的平台上。"鲍多克说。

劳拉看来十分开心。

"其实我不懂那是什么意思，"她说，"但我喜欢那种说法。"

鲍多克说："意思就是，我们见面时，会讨论两人都感兴趣的话题。"

"什么样的话题？"

"嗯……举例来说，像是食物吧。我喜欢食物，我想你应该也是，不过我六十多岁了，你才——几岁？十岁吗？你对食物的看法肯定不同，那就很有趣了。还有其他东西：

颜色、花卉、动物、英国历史。"

"您是指像亨利八世的妻子们吗?"

"没错。你跟十个人聊亨利八世,九个人会跟你提到他成群的妻子。对这位号称最卓越的基督教王子而言,实在是一大辱没,他是个圆融优秀的政治家,但世人竟只记得他想生嫡子的事。他那些不幸的妻子,在历史上根本无足轻重。"

"嗯,我认为他的妻子们非常重要。"

"这就对了!"鲍多克说,"这就叫讨论。"

"我会想当简·西摩①。"

"为什么是她?"

"因为她死掉了。"

"娜恩·布伦②和凯瑟琳·霍华德③也都死啦。"

"她们是被砍头的,简才嫁给亨利一年,生产时便死掉了,其他人一定都很难过。"

"嗯,那倒是。我们到其他房间看看有什么茶点可吃吧。"

---

① 简·西摩(Jane Seymour, 1509—1537),亨利八世的第三任妻子。
② 娜恩·布伦(Nan Bullen, 本名 Anne Boleyn, 1501—1536),亨利八世的第二任妻子。
③ 凯瑟琳·霍华德(Catherine Howard, 1523—1542),亨利八世的第五任妻子。

❖

"好棒的茶点。"劳拉一脸幸福地说。

她浏览着葡萄干面包、果酱面包、闪电泡芙[①]、黄瓜三明治、巧克力饼和一大块浓厚的黑李子蛋糕。

劳拉突然咯咯笑起来。

"您真的在等我来,"她说,"还是……您每天都这样吃茶点?"

"怎么可能。"鲍多克说。

两人开心地坐下来,鲍多克吃了六块黄瓜三明治,劳拉吞掉四条闪电泡芙,且每样东西都吃一块。

"小劳拉,很高兴看到你胃口这么好。"两人吃完后,鲍多克开心地说。

"我一向容易肚子饿。"劳拉说,"而且我几乎不生病,查尔斯以前就经常生病。"

"嗯……查尔斯,你一定很想他吧?"

"噢,是的,我很想他,我很想他,真的。"

鲍多克挑着浓密的灰眉。

"我知道,我知道。谁说你不想他了?"

"没有,我是真的、真的很想他。"

[①] 闪电泡芙(éclair),一种有奶油夹馅的法式甜点,通常外层覆有巧克力糖霜。

鲍多克默默点头,回应劳拉的急切,并好奇地瞅着女孩。

"他就这样死了,真叫人难过。"劳拉不觉用成人的语气说,想必是从大人口中听来的。

"是啊,真叫人难过。"

"妈妈和爸爸伤心极了,如今世上他们就只剩我一个了。"

"原来如此。"

劳拉不解地看着鲍多克。

她又遁入自己的白日梦了。"劳拉,我亲爱的,你是我所有的一切,我的独生女,我最珍爱的……"

"糟糕了。"鲍多克说,这是他心烦时的口头禅之一,"糟糕了!糟糕了!"他烦恼地摇着头。

"到花园走走吧,劳拉。"他说,"咱们去看玫瑰,告诉我,你一整天都在做什么。"

"早上威克斯小姐会过来帮我上课。"

"那个老处女!"

"您不喜欢她?"

"她全身都是格顿的傲气,你千万别去格顿,劳拉!"

"格顿是什么?"

"是剑桥的一所女子学院,一想到就令我全身发毛!"

"等我十二岁时会去上寄宿学校。"

"寄宿学校是大染缸!"

"您不认为我会喜欢?"

"你应该会说还不错吧,危险就在这里!拿曲棍球杆砍其他女生的脚踝,回家后一天到晚把女音乐老师挂在嘴上,接着去念格顿或萨默维尔学院①。唉,算了,反正还有好几年才会发生这类惨事。你长大后想做什么?你应该有点底吧?"

"我曾想过照顾麻风病患者……"

"那倒无妨,不过别把病人带回家睡你丈夫的床就好了。匈牙利的圣伊丽莎白② 就干过那种事,真是昏头了,她虽是位不折不扣的圣人,却是个很不体贴的老婆。"

"我永远不会结婚。"劳拉宣称。

"不结婚?噢,我若是你,我会结婚的,在我看来,老处女比已婚的女人更恐怖。你虽然不适合某些男人,但我觉得你会比许多女生更贤惠。"

"那不成,爸妈年老时,我应该奉养他们,因为他们只有我一个孩子。"

"他们有厨娘、女管家、园丁、丰厚的收入,还有许多朋友,他们会过得很好。做父母的,时机到了就得放孩子

---

① 萨默维尔学院(Somerville College),英国最古老的女子学院之一。
② 圣伊丽莎白(St Elizabeth, 1207—1231),匈牙利的公主,曾创办医院并亲自照顾病人。

走，有时反而是种解脱。"鲍多克突然在玫瑰花圃旁停下脚步，"这就是我的玫瑰，喜欢吗？"

"好漂亮。"劳拉客气地说。

鲍多克表示："整体而言，我喜欢玫瑰胜过人类，其中一个原因是，花儿的寿命不长。"

说完他用力握住劳拉的手。

"再见了，劳拉。"他说，"你该回家了，友情不必勉强，很高兴你能来喝茶。"

"再见，鲍多克先生，谢谢您的款待，我玩得很开心。"女孩口齿伶俐地说着客套话，她是个很有教养的小孩。

"很好。"鲍多克和善地拍拍劳拉的肩膀，"很懂得看场合说话，谦恭与客套是社交的必备条件，等你到了我这把年纪，就可以随心所欲地说话了。"

劳拉对他微笑，穿过鲍多克为她拉开的铁门，然后转身迟疑着。

"怎么了吗？"

"所以我们的友情算是订下来了吗？"

鲍多克揉着鼻子。

"是啊，"他轻叹道，"我想是的。"

"您不会介意吗？"劳拉不安地问。

"不会啊……慢慢习惯就好。"

"是的，当然，我也得慢慢习惯，不过我觉得……我想,应该会很不错。再见。"

"再见。"

鲍多克望着小女孩渐渐远去的身影,恼怒地喃喃自语说:"现在瞧你蹚了什么浑水,你这个老笨蛋!"

他在回房途中遇见管家劳斯太太。

"小女孩走了吗?"

"走了。"

"噢,天啊,她没待多久呢。"

"够久了。"鲍多克说,"小孩子和粗人都不懂得何时退场,你得替他们决定。"

"是吗?"劳斯太太愤愤地瞪着从她身边走过的老板。

"晚安,"鲍多克说,"我要进图书室了,不许再有人来吵我。"

"晚餐……"

"随你安排。"鲍多克挥挥手,"把那些甜点都收走,吃掉或喂猫都行。"

"噢,谢谢你,先生,我的小侄女……"

"给你的小侄女、猫或任何人。"

"是吗?"劳斯太太又说了一遍。"真是个坏脾气的王老五!不过我了解他!可不是每个人都能理解的。"

劳拉开心地回家,感觉备受尊崇。

她把头探进厨房窗口,女佣埃塞尔正在努力编织一个繁复的图纹。

"埃塞尔,"劳拉说,"我交到一位朋友了。"

"是的,亲爱的。"埃塞尔咕哝着,"五个锁针,钩两次,八个锁针……"

"我交到一位朋友了。"劳拉强调了这个消息。

埃塞尔兀自喃喃说道:"再钩三次五个长针,可是这样尾巴对不上,我哪里钩错了?"

"我交到一位朋友啦!"劳拉喊道,很生气她的知心好友完全充耳不闻。

埃塞尔吓了一跳,抬起头。

"听到了,亲爱的,别再说了。"她含糊地应着。

劳拉气得扭头便走。

第三章

安杰拉·富兰克林很害怕回家,然而临到家门,反而不如想象中惧怕。

车子开到门前时,安杰拉对丈夫说:"劳拉在台阶上等我们呢,她看起来很兴奋。"

安杰拉跳下车,热情地抱住女儿大喊:"劳拉,亲爱的,真高兴见到你,很想我们吗?"

劳拉老实答道:"没有那么想,我一直很忙,不过我帮你做了一块叶纤毯。"

安杰拉突然想到查尔斯:儿子一定会哭着冲过草坪,投入她怀中紧紧抱住她,喊着"妈咪,妈咪,妈咪"!

回忆何其令人心痛。

安杰拉抛开回忆,笑着对劳拉说:"叶纤毯吗?太好了,亲爱的。"

阿瑟·富兰克林抚着女儿的头发说:"你好像长高了,丫头。"

众人一起进屋。

劳拉不清楚自己到底在期待什么,爸妈终于回家了,而且很开心见到她,热情地探问各种问题。问题不在他们身上,而在她自己。她并不……并不……并不什么?

她并未如当初想象的,说某些话、露出某种表情,甚至欣喜若狂。

这跟计划的不同,她并没有真正取代查尔斯的位置。但是明天就会不一样了,劳拉告诉自己,若不是明天,就是后天或大后天。劳拉突然想起阁楼中旧童书里的一句话:她将成为家里的核心。

没错,她现在就是家中的核心。

她实在不该再有疑虑,以为自己只是以前那个不重要的劳拉。

那个劳拉……

❖

"鲍弟好像很喜欢劳拉。"安杰拉说,"太棒了,我们不在家时,他还邀劳拉去他家喝茶。"

阿瑟很好奇两人聊了什么。

过了一会儿，安杰拉表示：“我想，我们应该告诉劳拉，我的意思是，我们若不告诉她，她总会从仆人或别人那里听到些什么，劳拉毕竟够大了，跟她直说无妨。”

安杰拉躺在雪松树下的编条长椅上，转头望着坐在书桌椅上的丈夫。

她脸上仍烙着忧郁的线条，体内孕育的生命尚未能抚平她的丧子之痛。

"一定是个男孩，"阿瑟说，"我知道这会是个儿子。"

安杰拉笑着摇头说："多想也没用。"

"我告诉你，安杰拉，我就是知道。"

阿瑟非常笃定。

一个像查尔斯的男孩，另一个查尔斯，爱笑、蓝眼睛、调皮捣蛋、充满热情。

安杰拉心想："有可能会是儿子，但不会是查尔斯。"

"反正就算生女的，我们应该也一样开心。"阿瑟的话不太具说服力。

"阿瑟，你明明想生儿子！"

"是的。"他叹道，"我是想生儿子。"

男人会想要儿子、需要儿子，女儿毕竟不能比。

他突然感到罪恶地说："劳拉是个非常可爱的小孩。"

安杰拉由衷地表示同意。

"我知道,她善良又乖巧,等她上学后,我们一定会想她。"

安杰拉又说:"所以我才不希望生女孩,担心劳拉会嫉妒妹妹。当然了,她是不会有嫉妒的理由的。"

"当然。"

"但小孩有时就是会嫉妒,这很自然;所以我认为应该告诉劳拉,让她有心理准备。"

于是由安杰拉对女儿说:"想不想要有个弟弟?"

"或妹妹?"安杰拉隔了一会儿又问。

劳拉瞪着妈妈,似乎非常困惑不解,没听懂她的话。

安杰拉柔声说:"是这样的,亲爱的,妈妈要生宝宝了。九月的时候,很棒吧?"

看到劳拉激动得涨红了脸,叽叽咕咕地退开时,安杰拉有点不高兴,她实在不了解女儿。

安杰拉担忧地对丈夫说:"我在想,也许我们错了?我从未告诉过她什么——关于——关于那些事,我是说。或许劳拉什么都不懂……"

阿瑟说,考虑到家里曾有小猫出生,发生过这种大事,劳拉不可能对生命的诞生全然陌生。

"话虽如此,说不定她以为人会不同,也许她觉得很震惊。"

劳拉确实非常震惊——虽然非关生物学——她从未想

过母亲会再生一个孩子,她的想法非常单纯直接,查尔斯死了,她变成独生女,成了"他们在世上所有的一切"。

而现在——现在——又要蹦出另一个查尔斯了。

劳拉觉得宝宝一定是个男孩,就像阿瑟和安杰拉暗自期望的那样。

劳拉悲伤极了。

她在黄瓜架旁蜷坐良久,心情久久无法平复。

然后她坚毅地站起来,沿着小路走到鲍多克先生家。

鲍多克正咬牙切齿地摇笔为文,尖酸地讽刺一位史学家的毕生研究。

劳斯太太敲门时,他一脸凶恶地转头看着门,劳斯太太开门宣布说:"劳拉小姐找您。"

"噢。"鲍多克敛住狰狞的表情说,"是你啊。"

他有些烦乱,小鬼头这样临时跑来,算他认栽,因为没事先规定。小孩真讨厌!给他们方便,他们就当随便。反正他不喜欢小孩,从来都不喜欢。

鲍多克瞪着劳拉,她的表情严肃而烦恼,却无半分歉意,一副理直气壮的样子,而且连客套话都省了。

"我是来告诉您,我快要有个小弟弟了。"

"哦?"鲍多克吓了一跳。

"嗯……"鲍多克看着劳拉苍白而毫无表情的小脸,思忖了一会儿,"那倒是新闻,不是吗?"他顿了一下,"你开心吗?"

"不开心。"劳拉说,"我不高兴。"

"宝宝最烦了,"鲍多克深表同情地说,"秃头、无牙,哭声震天。当然啦,做妈妈的还是很疼宝宝,她们非疼不可,否则可怜的小家伙就没人照顾、长不大了。不过等宝宝长到三四岁,就没那么糟了。"他鼓励地说,"那时就几乎跟猫咪、小狗一样可爱了。"

劳拉说:"查尔斯死了,您想,我的新弟弟有可能也会死吗?"

鲍多克很快看她一眼,接着笃定地说:"不会。"然后又说:"雷不会连劈两次。"

"厨娘也说过那句话,"劳拉表示,"意思是,同样的事不会发生两次吗?"

"没错。"

"查尔斯——"劳拉才开口,又停住了。

鲍多克再次快速打量她。

"没理由一定会是小弟弟,"他说,"说不定是妹妹。"

"妈咪似乎认为是弟弟。"

"我若是你,就不会太信,她不会是第一个料错的妈妈。"

劳拉的表情灿然一亮。

"达尔茜贝拉的最后一只小猫原本叫杰霍沙法特,后来我们才发现是母的,现在厨娘都改喊它约瑟芬了。"

"这就对了,"鲍多克鼓励地说,"我不是爱打赌的人,不过这次我赌是女孩。"

"是吗?"劳拉兴奋地说。

她对鲍多克绽出感激的可爱笑容,令鲍多克十分惊讶。

"谢谢您,"她说,"我现在就走了。"她客气地说:"希望我没打扰您工作。"

"没关系,"鲍多克表示,"只要是重要的事,随时欢迎来找我。我知道你闯到这儿不会只是为了聊天。"

"我不会那样的。"劳拉认真地说。

她退下去,小心翼翼地关上门。

刚才的谈话令她心情大好,她知道鲍多克先生是位绝顶聪明的人。

"他说的可能比妈妈对。"劳拉心想。

小妹妹?是的,她可以面对这件事了,妹妹不过是另一个劳拉,一个更次等、没有牙齿和头发、怎么也比不上她的劳拉。

❖

安杰拉从昏迷中悠悠醒转,急切地睁开蓝眸,怯怯问道:"孩子……还好吗?"

护士专业利落地答道:"你生了个漂亮女儿呢,富兰克林太太。"

"女儿……女儿……"她再次闭上蓝色的双眼。

心中无限失望,她一直很肯定、非常笃定……结果竟只是第二个劳拉……

丧子之痛再次撕裂她,查尔斯,俊秀爱笑的查尔斯,她的宝贝儿子……

楼下厨娘兴高采烈地说:"哎呀,劳拉小姐,你有小妹妹了,你觉得如何?"

劳拉淡淡地对厨娘说:"我早知道我会有小妹妹了,鲍多克先生也这么说。"

"那个老光棍,他懂什么?"

"他是个非常聪明的人。"劳拉说。

安杰拉复原得很慢,阿瑟很担心妻子,宝宝满月时,他犹豫地对安杰拉说:"真的有那么严重吗?我是说,生的是女儿,而不是儿子?"

"没有,当然没有。只是……我是那么地有把握。"

"就算生了男孩,也不会是查尔斯。"

"当然。"

护士抱着宝宝走入房里。

"瞧,"护士说,"已经长这么可爱了,要来见妈咪亲亲啰,对不对呀?"

安杰拉懒懒地抱过孩子,不耐烦地目送护士走出房间。

"这些女人净爱讲些蠢话。"她不悦地嘀咕说。

阿瑟闻之大笑。

"亲爱的劳拉,帮我把垫子拿过来。"安杰拉说。

劳拉把垫子拿给母亲,站在一旁看着安杰拉安顿宝宝。劳拉觉得自己好成熟、好重要,宝宝只是个小蠢蛋,妈妈要仰赖的可是她——劳拉。

今晚很冷,壁炉里的火烤得人暖烘烘的。宝宝开心地咿呀发声。

安杰拉垂眼望着她深蓝色的眼睛,和那似乎已懂得微笑的小嘴,心头突然一惊,以为看到查尔斯襁褓时的眼眸,她几乎忘了儿子幼时的模样了。

母爱骤然涌现,她的宝宝,她的心肝宝贝。她怎会对这个可爱的孩子如此冷漠无情?她怎会如此盲目?这孩子跟查尔斯一样漂亮可爱呀。

"我的女儿,"她喃喃说,"我亲爱的心肝小宝贝。"

她满怀慈爱地俯向宝宝,浑然不觉站在一旁观看的劳拉,也没注意到她已悄然离开房间。

或许是出于不安吧,她对阿瑟说:"玛丽·威尔斯无法来参加受洗礼,我们该不该让劳拉当代理教母?我想她应该会很高兴。"

第四章

"洗礼好玩吗?"鲍多克问。

"不好玩。"劳拉说。

"教堂里应该很冷,"鲍多克说,"不过洗礼盆很不错,是诺曼底的图尔奈黑大理石。"

劳拉丝毫不为所动。她正忙着想一个问题。

"我能问您一件事吗,鲍多克先生?"

"当然。"

"祈求别人死掉是错的吗?"

鲍多克很快瞄她一眼说:"在我看来,那是一种不可原谅的干预。"

"干预？"

"这是老天爷的事，不是吗？你插手做什么？干你什么事？"

"我不觉得上帝会在乎，宝宝受洗后就能上天堂了，不是吗？"

"要不然还能去哪儿？"鲍多克坦承道。

"而且《圣经》上说，上帝很爱小孩，他若看见小孩一定会很高兴。"

鲍多克忧心如焚地在房中踱步，又不想展露出来。

最后他终于说道："劳拉，你必须、也只能管好自己的事。"

"可是也许那就是我的事。"

"不对，不是的。除了你自己，没有什么是你该管的。为自己祷告就好，对你来说，最惨的状况就是祈祷获得了应允。"

劳拉一头雾水地看着他。

"我是说真的。"鲍多克表示。

劳拉客气地向他致谢，表示自己得回家了。

劳拉走后，鲍多克揉着下巴，搔头挖鼻子，心不在焉地撰写对头号死敌的书评，批对方批得不痛不痒。

劳拉满腹心事地走回家。

在经过一间罗马天主小教堂时，她踌躇了一下。有个每天来厨房帮佣的女人茉莉就是天主教徒，劳拉想起她的一些零星谈话，由于内容罕闻、禁忌，听得劳拉津津有味。身为虔诚教徒的奶妈，对所谓的"穿紫朱衣服的女人"很有意见。劳拉完全不懂"穿紫朱衣服的女人"是谁或是什么，只隐约知道她与"巴比伦"[①]有关。

但此刻劳拉所想的，是茉莉所说的祈愿祷告——劳拉想到了蜡烛。她犹疑半天，深深吸气，在街上四下张望一番后，溜入教堂内。

教堂里狭小阴暗，气味跟劳拉每周固定上的教区教堂非常不同。眼下看不到穿红衣的女人，倒是有尊穿蓝袍的石膏女像，雕像前方放着盘子，和一个个摆放燃烛的铁圈，旁边则是新蜡烛及捐献箱。

劳拉迟疑半晌，她对神学所知有限，只知上帝爱她，因为他是上帝。上帝之外，还有生着角、长了尾巴、专门诱惑人的恶魔，但穿紫朱衣服的女人似乎介于两者之间。蓝袍夫人看来十分慈祥，仿佛能关照信众的祈愿。

劳拉重重叹口气，从口袋里翻出这星期尚未动用的六便士零用钱。

她把钱投入箱口，听到铜板咚的一声坠落，再也拿不

[①] 穿紫朱衣服的女人（Babylon the Scarlet Woman），或译"巴比伦大淫妇"。是《圣经·新约·启示录》中的妓女，后指不贞的女人。

回来了！然后劳拉拿起一根蜡烛点燃，摆到烛架上，礼貌地低声祈祷说："我的祈愿是，拜托让宝宝上天堂。"接着又说："求求您尽快让她走。"

劳拉默立片刻，蜡烛燃烧着，蓝袍夫人依旧一脸慈悲。劳拉一时空虚起来，她微皱着眉离开教堂，走回家。

宝宝的婴儿车就在露台上，劳拉走上前站到车旁，垂首看着熟睡的宝宝。

这时金发宝宝动了一下头，张开蓝色的大眼望向劳拉。

"你就快要上天堂啦，"劳拉对妹妹说，"天堂很棒的，"她哄道，"到处金光闪闪，还有珍贵的宝石。"

过了一分钟后，她又补充说："还有竖琴、许多长翅膀的天使，比这里好多了。"

她突然想到其他东西。

"你会见到查尔斯，很棒吧！你将会见到他。"

安杰拉从客厅落地窗走出来。

"哈啰，劳拉。"她说，"你在跟宝宝说话呀？"

安杰拉朝婴儿车俯下身说："嗨，我的小宝贝，你醒啦？"

阿瑟尾随妻子来到露台上。

"女人怎么老爱跟宝宝说废话？劳拉，你不觉得很奇怪吗？"

"我不觉得那是废话。"劳拉说。

"是吗？那么你认为是什么？"他笑着逗女儿问。

"我认为那是爱。"劳拉说。

阿瑟有点吃惊。

他心想，劳拉真是个怪孩子，很难猜想她那平静的眼神中含藏了什么意念。

"我得去弄张细棉布之类的帐子，"安杰拉说，"婴儿车在户外时可罩在上头，我好怕猫咪会跳上来躺在宝宝脸上，害她窒息。我们这边猫太多了。"

"瞎说！"她丈夫表示，"全是那些老太婆瞎说的，我才不信猫会把婴儿闷死。"

"噢，真的有呀，阿瑟，报上常登的。"

"那也不能保证是真的。"

"反正我要去弄顶帐子来，还得叫奶妈不时从窗口查看宝宝是否无恙。噢，亲爱的，我真希望我们的奶妈没去照顾她病重的姐姐，我实在不太喜欢这个新来的年轻奶妈。"

"为什么？她人似乎不错啊，对宝宝很用心，也有不错的介绍信。"

"是呀，我知道，她看起来没问题，可是介绍信上说，她有一年半的时间赋闲没工作。"

"因为她回家照顾母亲了。"

"他们向来都这么说的！偏偏又无法查证，说不定是某种不希望我们知道的原因。"

"你是指她有问题吗?"

安杰拉警告地瞪他一眼,指指劳拉。

"小心点,阿瑟。不,我不是那个意思,我的意思是……"

"你的意思是什么,亲爱的?"

"我也不清楚,"安杰拉缓缓说道,"只是有时跟她说话,她好像怕我们会发现什么。"

"被警察通缉吗?"

"阿瑟!别闹了。"

劳拉轻手轻脚地走开,她是个聪明的孩子,知道爸妈不想在她面前谈论奶妈。她自己对新奶妈的兴趣也不高;她苍白、黑发,讲话轻声细语,对劳拉虽然不错,但并不特别疼爱。

劳拉想到了蓝袍夫人。

❖

"走啦,约瑟芬。"劳拉生气地说。

约瑟芬,也就是原本的杰霍沙法特,虽未积极反抗,却百般耍赖。猫儿靠在花房边睡得正香,却被劳拉半拖半抱地拉过菜园,绕过屋角,来到露台上。

"喏!"劳拉放下约瑟芬,婴儿车就在几英尺外的碎石地上。

劳拉慢慢离开,越过草坪,来到巨大的柠檬树旁,转过头。

　　约瑟芬不悦地晃着尾巴，开始伸着长长的后腿，清理自己的腹部，等梳理完毕，约瑟芬打个呵欠，环顾四周，又懒懒地清洗耳后，再打个呵欠，最后站起来缓缓走开，绕过屋角。

　　劳拉跟在猫咪后面，坚定地将它抱起来，再带回去。约瑟芬看了劳拉一眼，坐在露台上晃着长尾。劳拉一走回大树边，约瑟芬便又站起来打呵欠、伸懒腰，然后走开。劳拉再次将它抱回来，劝道："这里有阳光啊，约瑟芬，很棒的！"

　　约瑟芬显然不这么想，它现在心情烂透了，甩着尾巴，耳朵往后贴。

　　"哈啰，小劳拉。"

　　劳拉惊跳回身，鲍多克先生就站在她身后，她没注意到鲍多克何时越过了草坪。约瑟芬趁隙窜到树上，得意洋洋地停在枝上俯望他们。

　　"猫就是这点比人类强，"鲍多克说，"想避开人时，可以爬到树上，而人类最多只能把自己关在厕所。"

　　劳拉有点吃惊，因为奶妈（新的奶妈）认为，"小淑女不可随便讲厕所这两个字。"

　　"但你还是得出来，因为会有其他人要用厕所。"鲍多克说，"你的猫可能会在树上待两三个钟头。"

043

约瑟芬当即展现猫儿的捉摸不定,它窜下树走向他们,然后在鲍多克的裤子上来回磨蹭,大声发出呼噜声,似乎在说:"我就是一直在等这个。"

"哈啰,鲍弟。"安杰拉走出落地窗,"你来看宝宝吗?噢,天啊,这些猫。劳拉,亲爱的,麻烦你把约瑟芬带走,放到厨房里,我还没弄到帐子。阿瑟笑我,可是猫真的会跳到宝宝身上,睡在宝宝胸口害他们闷死。我不希望猫咪养成到露台的习惯。"

劳拉将约瑟芬带开时,鲍多克忧心地目送她。

午餐用罢,阿瑟·富兰克林把老友拉进书房里。

"这里有篇文章……"他才开口。

鲍多克便直接打断他。

"等一下,有件事我想先说。你们何不把那孩子送去学校?"

"劳拉吗?我们正有此打算。等过完圣诞节,她满十一岁以后吧。"

"别再等了,现在就送去。"

"现在是学期中啊,而且威克斯小姐也很……"

鲍多克激动地发表他对威克斯小姐的看法。

"劳拉不需要爱卖弄学问的女人来教,管她有多么学富五车。"他说,"劳拉需要做点别的事,跟其他女孩相处,转换环境,否则,哪天说不定就出事了。"

"出事？出什么事？"

"前阵子有两个乖巧的小男生，把襁褓中的妹妹从婴儿车中抱出来丢进河里，他们说，因为妈妈照顾宝宝太累了。我想，他们真的相信自己是在帮忙。"

阿瑟瞪着他。

"你是指嫉妒吗？"

"没错，就是嫉妒。"

"亲爱的鲍弟，劳拉不是爱嫉妒的孩子，她从来不是。"

"你怎么知道？嫉妒是在心里发酵的。"

"她从未表现出任何迹象，我觉得劳拉是个非常贴心温和的孩子，只是感情向来内敛。"

"你觉得！"鲍多克嗤之以鼻，"要我来看的话，你和安杰拉根本不了解自己的孩子。"

阿瑟好脾气地笑了笑，他太习惯鲍弟了。

"我们会留意宝宝的，"他说，"你若那么担心，我会暗示安杰拉小心些，叫她别只顾着小宝宝，多花点心思在劳拉身上，那样应该就没问题了。"他又好奇地追问："我一直好奇，你到底从劳拉身上看到什么，她……"

"她是个十分独特、难得一见的孩子。"鲍多克说，"至少我这么认为。"

"我会去跟安杰拉说。但她应该只会发笑吧。"

然而出乎阿瑟预料，安杰拉并未发笑。

"鲍弟不是全无道理,儿童心理学家都认为,对新生儿的嫉妒是自然且无可避免的。老实说,我还没看到劳拉有嫉妒的迹象,她是个非常平静的孩子,也不特别黏我或任何人,我一定会努力让她知道,我得仰赖她。"

于是约莫一星期后,安杰拉和丈夫周末要出门拜访老友时,对劳拉说:"劳拉,我们不在家时,你会好好照顾宝宝吧?能有你帮忙监督一切我就放心了,毕竟奶妈才来没多久。"

母亲的话令劳拉非常开心,觉得自己成熟而无比重要,苍白的小脸顿时散放容光。

可惜这美好的效果,才一会儿就被育婴室里的奶妈及埃塞尔的谈话破坏掉了。劳拉无意间听到她们说:"她可爱的小宝宝。"埃塞尔用指头疼爱地逗着婴儿说:"粉嫩嫩的好可爱,劳拉小姐总是那么安静,感觉好怪哦,难怪她爸妈不像疼查尔斯公子和小宝宝那么爱她。劳拉小姐虽然乖巧,但也就只有乖巧而已。"

那晚,劳拉跪在床边祷告。

蓝袍夫人没理会她的祈愿,所以她要直接对老板上诉。

"求求您,上帝,"劳拉祷告说,"快点让宝宝死掉上天堂,愈快愈好。"

她回床躺下,心头乱跳,觉得自己好坏。她做了鲍多克先生叫她不能做的事,而鲍多克先生可是位绝顶聪明的人哪。她为蓝袍夫人点蜡烛时,丝毫不觉罪恶,可能是因为不敢奢望有任何具体结果,而且也不觉得带约瑟芬到露台上有何不妥,她又不会把猫咪放到婴儿车里,那样做就会太坏了,可是约瑟芬若是自己跳上去的……

然而今晚,她已经回不了头了,因为上帝是无所不能的。

劳拉微颤了一下,睡着了。

第五章

安杰拉与阿瑟·富兰克林开车离去了。

新来的奶妈格威妮丝·琼斯正在楼上育婴室中哄宝宝睡觉。

她今晚有些焦躁,最近隐隐有些感觉和征兆,而今晚……

"只是我胡思乱想罢了,"她告诉自己,"乱想的!就这样而已。"

医生不是说过,她可能再也不会发作了吗?

她小时犯过,后来就再也没犯,直到那恐怖的一天……

姑姑都说那是长牙期的痉挛,但医生用另一种名称直接点出病名,然后坚定地宣告:"你不该照顾婴儿或孩童,那样很危险。"

她花了大钱接受训练,那是她的专长与技能,她领有执照,且钱都付清了,而且她好喜欢照顾小宝宝。一年过去了,癫痫都没再发作,医生那样吓唬她,实在太无稽了。

于是她写信到不同的介绍所,不久即获得工作,她在这里非常愉快,宝宝又那么可爱。

格威妮丝将宝宝放到婴儿床上,然后下楼吃饭。她在夜里醒来,心头慌得厉害,她想:"我去弄杯热牛奶喝,应该就会平静下来了。"

她点起酒精灯,带到窗边桌旁。

然后完全无预警地,格威妮丝如石头般倒在地上抽搐,酒精灯落在地板上,火焰爬过地毯,窜到棉布窗帘。

❖

劳拉突然惊醒。

她一直在做梦,一场噩梦,她不记得细节了,只记得有个东西在追她。不过现在安全了,她安然地待在自家床上。

劳拉伸手打开床边的灯,看着自己的小钟,半夜十二点。

她从床上坐起,莫名地不想关灯。

她竖耳听见非常诡异的叽嘎声。"搞不好是小偷。"劳拉心想,她跟大部分孩子一样,先是疑心有人闯入。劳拉下床走到门边轻轻开门,好奇地向外窥探,一切都黑漆漆、静悄悄的。

可是有股奇怪的烟味,劳拉试探地嗅了嗅,走到楼梯口的平台,打开通往用人房的门,仍看不出端倪。

她走到平台另一端,一扇通往育婴室及浴室捷径的门。

劳拉惊骇地退开,滚滚烟雾朝她涌来。

"失火了,房子失火了!"

劳拉放声尖叫,冲到用人住的厢房,大声喊道:"失火了!房子失火了!"

劳拉记不清接下来的事了。埃塞尔冲下楼打电话,厨娘打开平台上的门,却被浓烟逼回来,厨娘安慰劳拉说:"不会有事的。"然后语无伦次地喃喃说:"消防车待会儿就来了,他们会从窗口把她们救出来,你别担心,亲爱的。"

可是劳拉知道,不可能没事。

她没料到自己的祈愿获得应允,上帝采取行动了,他以及时而恐怖的手法出击了。这就是他的方式,以残酷的手段将宝宝带至天堂。

厨娘拉着劳拉奔下前面的楼梯。

"来呀,劳拉小姐,别再等了,我们全得到屋外。"

可是奶妈和宝宝无法逃到屋外,她们还困在楼上的育婴室!

厨娘拖着劳拉火速冲下梯子,她们奔出前门,跟草坪上的埃塞尔会合,厨娘的手才一松,劳拉便扭头又奔回楼梯上了。

她再次打开梯口的门,隔着浓烟,听到远处传来焦躁的哭咽声。

劳拉突然一震,一股温暖、激动、无可言喻的疼惜涌上了心头。

她思路清晰冷静,知道在火中救人得用打湿的毛巾捂住口鼻。劳拉冲回自己房里,将浴巾泡到水罐中,缠到身上,然后越过梯口奔入浓烟中。此时通道已燃起火焰,燃木纷纷坠落。大人觉得危险重重的地方,劳拉却奋不顾身地勇闯。她非找到宝宝、救出她来不可,否则妹妹一定会被烧死。她绊到已昏迷不醒的格威妮丝,却不知道是什么。劳拉咳喘着找到婴儿床,幸好床边的帐子将浓烟挡掉了。

劳拉抱起宝宝,用湿毛巾覆住她,然后跌跌撞撞地奔向门口,拼命吸气。

可是路被火焰挡住了。

劳拉临危不乱,摸到通往贮藏间的门,并将之推开,来到通向阁楼那已岌岌可危的梯子。她和查尔斯曾有一次从这里攀到屋顶,如果她能爬上屋顶……

消防车抵达时,两个穿睡衣的女人气急败坏地冲上去大喊:"宝宝——楼上房间还有宝宝和奶妈。"

救火员吹了声口哨,抿起嘴,眼看房屋那端已经陷入火海。"完了,"他对自己说,"救不出来了!"

"其他人都逃出来了吗?"他问。

厨娘四下环顾,大喊:"劳拉小姐呢?她跟在我后头出来的呀,人呢?"

就在这时,一名救火员高喊:"嘿,乔伊,屋顶上有人——在房子另一端。快架梯子。"

一会儿后,他们将救下的人轻轻放到草坪上,只见全身熏黑难辨、双肩烧伤、半昏半醒的劳拉紧抓着一个小小的婴孩,孩子发出宏亮的啼哭,宣示她的安然。

❖

"若不是劳拉……"安杰拉顿住,抑制激动的情绪。

"我们查出那可怜的奶妈是怎么回事了,"她接着说,"她是癫痫患者,医生警告她别再当奶妈了,但她不听。他们认为,奶妈发病时,酒精灯掉在地上。我一直觉得她怪怪的,感觉有事瞒我。"

"可怜的女孩,"阿瑟说,"她已付出代价了。"

心疼孩子的安杰拉根本不屑同情格威妮丝。

"要不是劳拉,宝宝就被烧死了。"

"是的,不过惊吓难免,手臂也烧伤了,幸好不太严重。医生说,她会复原得很好。"

"太好了。"鲍多克表示。

安杰拉愤慨地说:"你还跟阿瑟说,劳拉嫉妒小宝宝,怕会做出伤害她的事呢!真是的,你们这些单身汉!"

"好啦好啦,"鲍多克认栽,"我很少会说错话,有时也算学个教训。"

"去看看她们两个吧。"

鲍多克依言去探望两个女孩。宝宝躺在壁炉前的地毯上,活泼地踢着腿,咿咿呀呀地发出声音。

劳拉坐在宝宝旁边,两臂缠着绷带,睫毛都烧光了,整张脸看起来很好笑。劳拉正拿着缤纷的圈环逗宝宝玩,她转头看着鲍多克。

"哈啰,小劳拉。"鲍多克说,"你还好吗?听说你英勇地救出宝宝了。"

劳拉瞄他一眼,再次专心地把玩圈环。

"你的手臂怎么样?"

"蛮痛的,不过他们帮我敷了药,现在好多了。"

"你真有意思。"鲍多克重重坐到椅子上说,"前一天还巴望猫咪能把妹妹闷死……噢,是的,你就是那么想,瞒不了我的。接着又冒着生命危险,抱着宝宝爬上屋顶求生。"

"我真的救了她。"劳拉说,"她一点伤都没有,一丝丝都没有哦。"她弯身看着宝宝,热切地表示:"我永远不会让她受到伤害，永远不会，我一辈子都要照顾她。"

鲍多克缓缓挑着眉。

"所以现在变成爱了，你很爱她，是吗？"

"噢，是的！"劳拉热情地答道，"我爱她胜过世上一切！"

她转头面对鲍多克，鲍多克心中一震，这孩子的表情简直有如破茧而出，洋溢着丰沛的情感，虽然眉睫都烧光了，却有种说不出的美。

"我明白了。"鲍多克说，"我明白了……不知往后又会如何？"

劳拉困惑地望着他，然后似懂非懂地问。

"这样不好吗？我是指，我爱她不好吗？"

鲍多克若有所思地看着劳拉。

"这样对你不错，劳拉，"他说，"是的，对你不错……"

鲍多克再度陷入沉思，用手敲着下巴。

身为历史学家，鲍多克总是思索过去，又因无法预见未来而深感懊恼。此刻便是其一。

他看着劳拉和咯咯发笑的雪莉，眉头拧成一团。"她们再过十年、二十年、二十五年后会在哪里？"他心想，"而我，又会在何处？"

答案很快出现了。

"在土堆里，"鲍多克告诉自己，"在土堆下了。"

他知道自己终归一死，却还是很难相信，就像任何其他身体硬朗的人都不会相信。

未来是种黑暗而神秘的实体！二十多年之间会发生什么事？说不定有另一场战争？（不太可能！）新的疫疾？也许人们会把机械翅膀绑在身上，像谪降凡间的天使在街上飞游！火星之旅？依赖瓶中的小药丸维生，不再吃牛排和新鲜豌豆！

"您在想什么？"劳拉问。

"未来。"

"您是指明天吗？"

"比明天还远的未来，你应该会读书了吧，小劳拉？"

"当然。"劳拉惊讶地说，"我快看完全套《杜立德医生》，还有《小熊维尼》和……"

"细节就省了吧。"鲍多克说，"你书怎么读？从头读到尾吗？"

"是呀，您不是这样看书的吗？"

"不是。"鲍多克说，"我会先看开章，知道约略内容后就直接跳到结尾，看作者如何下结论、想证实什么。然后，然后才回头看作者如何导出结果、做出结论。这样更有意思。"

劳拉十分好奇，但似乎并不赞同。

"我想，作者应该不希望读者那样读他的作品。"她说。

"当然。"

"我觉得您应该按作者的意思去看书。"

"啊,"鲍多克说,"可是你忘啦,人家说好酒沉瓮底,精彩的才在后头。读者也有他的权利,作者依他喜欢的方式随心所欲创作,玩弄文字于股掌间。读者大可亦按他要的方式去阅读,作者根本无从拦阻。"

"怎被您讲得跟打架一样。"劳拉说。

"我喜欢格斗,"鲍多克表示,"我们都太拘泥于时间了,年代的排序根本不重要,若站在永恒的观点,便能跳脱时间了,可是没有人以永恒的观点去考量。"

劳拉已将注意力从鲍多克身上转开了,她想的不是永恒,而是雪莉。

鲍多克看到劳拉深情专注的模样,再度隐隐忧心起来。

第二部
雪莉-1946

第一章

雪莉沿着小巷疾行,将球拍和球鞋夹在腋下,面带微笑地轻喘着。

她得快点,否则晚餐要迟了。她真的不该打最后一局,反正打得也不好,帕姆球技实在太差了,他和戈登从来不是雪莉的对手。而他,他叫什么名字来着?亨利,不知亨利姓什么?

想到亨利,雪莉的脚步稍稍放缓。

对她而言,亨利是个崭新的经验,与本地的年轻人截然不同。雪莉客观地评价他们,牧师之子罗宾为人善良,极度虔诚,有着古骑士精神,他将到伦敦大学亚非学院研读东方语言,且自视颇高。接着是彼德,彼德非常年轻,涉世未深。接着是在银行上班的爱德华·韦斯特伯里,他年纪大多了,极为热衷政治。他们全是贝布里人,但亨利是外来者,据说是本地人的侄儿。亨利有种自由而超然的气质。

雪莉很喜欢超然这两个字,那是她推崇的特质。

贝布里人无所谓的超然,因为人人彼此相扣。

大家都在贝布里生根,归属此地,家族关系十分紧密。

雪莉不确定这种说法是否妥当,但这颇能表达她的看法。

而亨利绝不属于此地,他只是某位贝布里人的侄子,说不定还是远房姻亲,而非近亲。

"太可笑了,"雪莉告诉自己,"亨利跟所有人一样,一定也有父母、家庭。"但她觉得亨利的父母八成已客死他乡,或母亲住在南欧的里维埃拉,且有好几位丈夫。

"太可笑了,"雪莉再度告诉自己,"你根本不了解亨利,连人家姓什么,或今天下午是谁带他来的都不知道。"

但她觉得亨利本就如此讳莫如深,让人摸不清底细。当他离开时,还是没有人知道他姓什么,或是谁的侄儿,只知道他是位迷人的青年,有着魅力四射的笑容和卓越的球技。

雪莉好欣赏亨利的酷样,当帕姆·克罗夫顿踌躇地问

"现在我们该怎么打？"时，亨利当即表示："我跟雪莉搭档，与你们两位对打。"并挥着球拍问："谁先发球？"

雪莉相信，亨利向来就如此随兴。

雪莉问过他："你会在这儿久待吗？"他只是含混地答道："噢，大概不会。"

亨利并未表示想再见她。

雪莉微微蹙眉，真希望他能那么想……

她又看了一下手表，加快步伐，她真的会迟到很久，不过劳拉不会介意，她从来不计较，劳拉是个天使……

房子已映入眼帘，这栋乔治时代初期的典雅房屋由于遭火灾而烧去一边厢房后，便不曾重建，因此看来略显歪斜。

雪莉不自觉地放慢脚步，不知怎地，她今天不太想回家，不想进入四壁环绕、夕阳自西窗泼在褪色织布上那个静好祥和的家。劳拉会热切地迎她归来，疼惜地看着她，埃塞尔会送上晚餐。那个充满温暖、关爱与保护的家。这一切，应该就是人生最可贵的吧？她不费吹灰之力就全部得到了，它们绕着她，逼压着她……

"怎么会有这种奇怪的说法，"雪莉心想，"逼压着我？我到底是什么意思？"

然而她确实感受到压力，明确而挥之不去的压力，就像远足时背负的背包一样，一开始毫无感觉，之后背包的重量渐渐沉沉压下,咬进她的双肩,有如重担般拖住她……

"真是的,我到底在想什么!"雪莉自言自语说着,奔向打开的前门,走进屋内。

大厅中映着日暮薄光,劳拉在二楼,用温柔沙哑的声音朝梯井下喊:"是你吗,雪莉?"

"是呀,我迟了好久,劳拉。"

"没关系,反正只煮了通心粉,焗烤的那种。埃塞尔把它放在烤箱里了。"

劳拉绕下梯子,她身形瘦弱,脸上几乎没有血色,深棕色的眼眸带着莫名的忧伤。

她走下楼对雪莉笑道:"玩得开心吗?"

"噢,很开心。"雪莉说。

"网球打得精彩吗?"

"还不坏。"

"有没有遇见有趣的人?还是只有贝布里的人?"

"几乎都是贝布里的人。"

当你不想回答别人的问题时,情况真是吊诡,但她的回答也不算错。劳拉想知道她玩得如何,是非常自然的。

疼你的人什么都想知道……

亨利的家人会想知道吗?雪莉试着想象亨利在家的情形,却办不到。听起来可笑,她就是无法想见亨利的居家状况,他一定有家人吧!

雪莉眼前浮现一幅模糊的景象,亨利走入房中,自南法归来、满头银发的母亲正在仔细涂抹艳色的口红。"哈啰,母亲,您回来了?""是啊,你去打网球了吗?""是的。"既不好奇,也不感兴趣,亨利母子俩对其他人的事均十分漠然。

劳拉好奇地问:"你在自言自语什么,雪莉?你的嘴唇一直在动,而且还不断抬眉。"

雪莉大笑说:"噢,只是在想象一场对话而已。"

劳拉挑着漂亮的眉说:"你好像很开心。"

"其实还蛮可笑的。"

忠心耿耿的埃塞尔将头探进饭厅中说:"上菜了。"

雪莉大叫一声:"我得去梳洗一下。"说完冲上楼。

餐罢,大伙坐在客厅时,劳拉表示:"我今天收到圣凯瑟琳秘书学院的说明书了,那是最好的秘书学院之一,你觉得如何,雪莉?"

雪莉年轻美丽的脸上露出不悦。

"学速记和打字,然后去找工作吗?"

"有何不可?"

雪莉叹口气,然后笑着说:"因为我是懒惰虫,宁可无所事事地赖在家里,亲爱的劳拉,我已经读好多年书了!不能休息一下吗?"

"我希望你能有真正想学,或感兴趣的东西。"劳拉微皱眉说。

"我不长进嘛,"雪莉说,"我只想坐在家里,梦想有个英俊的丈夫,家财万贯,生养个大家庭。"

劳拉没回应,依然一脸忧心。

"老实说,你若去圣凯瑟琳上课,在伦敦的住处会是个问题。你想不想和安杰拉表姐当室友,也许……"

"我才不要跟安杰拉住,你行行好吧,劳拉。"

"那就别跟安杰拉住,但可以跟某位亲戚或其他人住吧,我想应该会有宿舍,日后你再和别的女生合住公寓。"

"我为什么不能跟你合住公寓?"雪莉问。

劳拉摇头说:"我会留在这里。"

"留在这里?你不跟我一起去伦敦?"

雪莉似乎颇为惊诧。

劳拉只是回道:"我不想拖累你,亲爱的。"

"拖累我?怎么会?"

"喔——占有欲,你懂的。"

"像虎毒食子吗?劳拉,你从不是占有欲强的人。"

劳拉不甚确定地说:"但愿不是,但谁晓得。"她又蹙眉,"人很难真正了解自己……"

"你真的不该怀疑自己,劳拉,你不作威作福,至少对我不会,不颐指气使,或试图操弄我的生活。"

"事实上我就是在这么做：安排你到伦敦，上你一点也不想上的秘书课！"

两姊妹忍不住哈哈大笑。

❖

劳拉伸直背，舒展手臂说："四打了。"

她正在捆豌豆。

"我们应该能从特伦德尔家那边拿到好价钱，"她说，"梗子长，每根茎都有四朵花，今年的豌豆长得很漂亮，霍德。"

饱经风霜、阴郁且全身脏污的老霍德低声赞同道："今年确实不赖。"

霍德非常专业，这位年迈的退休园丁园艺精湛，在为期五年的战争末期，他的价值简直比红宝石高，众人争相抢聘。老园丁会到这儿工作，纯粹是因劳拉的为人，听说金德尔太太那位靠军需品而大发利市的丈夫，提出更高的薪资聘他。

不过霍德宁可替富兰克林小姐工作，因为他认识劳拉正直善良的父母、看着劳拉长大。然而光凭这些条件，并不足以留住霍德，老人家其实很喜欢替劳拉小姐工作。她会适时鞭策员工，让人不致怠惰，她若要出门，也会很清楚该完成多少进度。何况劳拉小姐也会感激你的努力，不吝赞赏。她为人慷慨，会供应午前茶，还不时有浓热的甜茶可喝,在这个配给的时期,不是人人肯大方供应茶和糖的。劳拉小姐自己也很勤奋,捆起豆子比他还要麻利,那就很够意思了。劳拉小姐很有想法,总是未雨绸缪,积极张罗,执行新的点子。园艺用的钟形玻璃盖即是一例,霍德原本不看好,但劳拉坦承自己有可能会误判。正因为如此,霍德才从善如流地同意一试,结果番茄竟长得出奇的好。

"五点钟。"劳拉瞄着手表说,"我们进行得很顺利。"

她看着四周装满花果的金属瓶和罐子,这些都是明天要送到曼彻斯特那位花商和蔬果店的配额。

"蔬菜的价格很棒,"老霍德感激地说,"以前打死我也不会相信。"

"我相信开始转栽鲜花是正确的,战争期间太缺花了,而且现在人人都在种菜。"

"啊!"霍德说,"现在状况跟以前不一样了,你爸妈那个年代,根本不会有人想到栽种花果到市场贩售。我把这地方照顾得跟以前一样漂亮!以前是韦伯斯特先生负责管理,他在火灾之前才任职,那场火啊!幸好没烧掉整栋房子。"

劳拉点点头,脱下塑胶围裙,霍德的话令她想到多年前,"在火灾之前……"

那场火是她的转折点,劳拉想起灾前的自己:一个嫉妒而不快乐的孩子，渴望关注与爱。

然而失火当晚，新的劳拉诞生了，她的人生突然变得圆满，从她抱起雪莉奋力穿越浓烟烈火的那一刻起，她的人生便有了目标与意义：她要照顾雪莉。

她救了雪莉一命，雪莉是她的，在那瞬间（如今回想），父母这两个重要的人便退居次要了。劳拉不再那般渴求关爱与认可，或许她对父母的爱，不如他们对她的渴盼来得深。她突然对那个叫雪莉的小宝宝产生了爱，爱填满了她所有的渴望与混沌难解的需要。最重要的不再是自己，而是雪莉……

她将照顾雪莉，不让妹妹受到伤害，她会去防范猫；在夜里醒来，确保没有第二场火灾；她要呵护雪莉，帮她拿玩具，等她大一点陪她玩耍，生病时照顾她……

但十一岁的孩子无法预见未来：富兰克林夫妇度假时，在飞往勒图凯的返程途中坠机……

劳拉时方十四，雪莉三岁。两人没有近亲；年老的安杰拉表姐算是最亲的了。劳拉自己筹划权衡、张罗调度，以获得认同，最后才胸有成竹地提出办法。遗嘱执行者和托管人是一位老律师和鲍多克先生，劳拉提议说，自己应离校搬回家中，雪莉由一位称职的奶妈继续照顾，并请威克斯小姐住到富兰克林家，负责教育劳拉，在名义上掌管家务。这是个绝佳的提议，务实又容易执行，鲍多克先生仅有一点小意见，因为他不喜欢格顿的女生，怕威克斯小姐会影响劳拉，将她变成老古板。

劳拉倒是一点都不担心，因为真正当家作主的人不会是威克斯，聪明的威克斯小姐热爱数学，对管理家务毫无兴趣。劳拉的计划非常成功，她受到良好的教育，威克斯小姐也过得比以前优渥，劳拉小心地让鲍多克先生和威克斯小姐避开冲突。所有决定看似威克斯的点子，实则来自劳拉的建议，如挑选新用人、雪莉读哪个幼儿园、去邻镇女修道院上课等。家中一片和乐，后来雪莉被送到知名的住宿学校就读，当时劳拉二十二岁。

一年后，战争爆发，改变了生活的样态。雪莉的学校迁至威尔士，威克斯小姐搬到伦敦，在政府部门任职。家里房子被空军征用作为军舍；劳拉自己住到园丁的小屋，并至隔壁农场加入妇女农队①，同时也在自家大园子里种植蔬菜。

去年与德国的战事结束后，被军方征用的房子已面目全非，劳拉只得重新整修。雪莉自校返家后，断然拒绝再念大学。

她表示，自己不是读书的料！雪莉的女校长写给劳拉的信中也委婉地证实了这点："我认为大学教育对雪莉的帮

---

① 妇女农队（land girl），战时英国代替役男务农的女子队。

助有限,她是个很可爱的女孩,也非常聪明,但不适合做学问。"

因此,雪莉回家了。原本在兵工厂工作的老忠仆埃塞尔也辞职回来,不再像以前只担任客厅女仆,她负责家务总管,更是位好友。劳拉继续发扬栽种蔬果花卉的大计。由于现今的课税制,家中收入已不似从前,若想维持家计,便得善用花园,获取利润。

那就是过去的景况,她解下围裙,进屋清洗。这些年来,她的生活一直以雪莉为中心。

幼年的雪莉摇摇摆摆地四处走着,用含混的童语告诉劳拉,娃娃在做什么。学龄的雪莉从幼儿园回来,咿咿呀呀地述说达克沃思小姐、汤米和玛丽,以及罗宾捣了什么蛋、彼德在课本上画什么,还有"鸭子"小姐[①]怎么骂他。

再大些,雪莉自寄宿学校归来,滔滔诉说各种事:她喜欢和讨厌的女生、天使般的英文老师杰弗里小姐、卑鄙可恶的数学老师安德鲁,以及大家痛恨的法文老师。雪莉总忍不住与劳拉畅谈,她们的关系十分奇特,不尽然像姊妹,因年纪有落差,但又不至于多达一个时代。劳拉从来不需多问,雪莉便会自己讲个没完:"噢,劳拉,我有好多事想告诉你!"劳拉只需专心聆听、哈哈大笑、给点意见,

---

① "鸭子"小姐(Miss Duck),是达克沃思小姐姓氏 Duckworth 的戏称。

表示同意或反对就好了。

如今雪莉回家长住了,劳拉觉得像回到了旧时,两人每天畅谈各自所做的事。雪莉随性地聊着罗宾·格兰特、爱德华·韦斯特伯里;率真热情的雪莉很自然地会谈到每天发生的事。

可是昨天她到哈格里夫家打完球回来后,对劳拉的询问却只是诡异地虚应一声。

劳拉不明就里。雪莉大了,当然有自己的想法、自己的人生,劳拉只需决定怎么做最好就成了。劳拉叹口气,再次看着手表,决定去探望鲍多克先生。

第二章

劳拉走近时,鲍多克正在花园里忙碌,他咕哝一声问道:"你觉得我的秋海棠如何?"

鲍多克的园艺其实非常拙劣,却自我感觉良好地全然无视失败的结果,朋友们都知道不能点破。劳拉顺从地看了稀疏的秋海棠一眼,表示非常不错。

"不错?它们简直美呆了!"较之十八年前,鲍多克如今已垂垂老矣,且变得十分矮胖。他呻吟着弯下腰拔草。

"都怪今年夏天下了太多雨,"他抱怨说,"花圃才清完,杂草又冒出来了。这些旋花真令人无言!随你怎么讲吧,但我觉得这种杂草简直就是魔鬼煽出来的!"他上气不接下气地说:"好啦,小劳拉,有事吗?有什么问题告诉我吧。"

"每次我有烦恼就跑来找您,从六岁起就是这样。"

"你以前真是个古怪的小鬼,一张脸瘦巴巴的,眼睛斗大。"

"我想知道自己做对了没有。"

"我若是你,才不会顾虑那么多。"鲍多克说,"哼!讨厌的东西,还不快出来!"(这是对杂草说的。)"真的,我不会想那么多,有些人善辨是非,有些人毫无概念,这种东西就像天生的音感!"

"我指的不是道德上的是非对错,而是自己的做法是否明智。"

"那是两码事。整体而言,人们干的傻事远多过聪明事。你的问题是什么?"

"雪莉。"

"我就知道,除了雪莉,你从不考虑别的事或人。"

"我一直想安排她去伦敦接受秘书训练。"

"我觉得挺蠢的,"鲍多克说,"雪莉是个好孩子,但不是当秘书的料。"

"但她总得做点什么吧?"

"现代人老爱这么说。"

"而且我希望她能多认识些人。"

"省省吧。"鲍多克摇着受伤的手说,"认识人?哪些人?群众?雇主?其他女生?还是年轻男子?"

"我想是指年轻男子吧。"

鲍多克咯咯笑了。

"雪莉在这儿又不是没人要,牧师家的罗宾似乎对她有点意思,小彼德更是喜欢她,连爱德华·韦斯特伯里都开始在残余的头发上抹油了,我上星期日在教堂里闻到发油味,心想:'他想追谁呀?'我们走出教堂时他就追上来,像只害羞的小狗,扭捏地跟雪莉搭话。"

"我想雪莉对他们都没动心。"

"她干嘛动心?给她一点儿时间吧,雪莉还小。劳拉,你为何非送她去伦敦不可?你也跟着去吗?"

"噢,不行,重点就在这儿。"

鲍多克站直身体。

"重点?"他好奇地望着劳拉,"你究竟在盘算什么,劳拉?"

劳拉低头看着碎石路。

"就像您刚才说的,雪莉是我唯一在乎的人,我……我太爱她了,怕会伤害她,怕将她绑死在自己身边。"

鲍多克出乎意料地柔声说:"她小你十一岁,在某方面而言,她更像你女儿,不像妹妹。"

"我的确是姊代母职。"

他点点头。

"聪明如你,了解到母爱的占有性,是吗?"

"没错,就是那样。我不希望如此,我希望雪莉能自由自在。"

"所以你才想将她赶出巢穴,让她到世上磨炼成长?"

"是的,但我不确定这样算不算明智。"

鲍多克狠狠地揉着鼻子说:"你们女人就是爱胡思乱想,人怎么可能知道何谓明不明智?倘若小雪莉去伦敦,跟埃及学生搞在一起,在布卢姆斯伯里① 生个深肤色宝宝,你就会说全是你的错,其实这只能怪雪莉和那个埃及人。假如她受完训练找到理想的秘书工作,而且还嫁给老板,你则认为自己做对了。全是废话嘛!你无法替别人安排他们的人生,至于雪莉懂不懂世道,时间久了自见分晓。你若认为去伦敦是个好安排,那就去做,但别看得太严重。你就是这样,劳拉,把人生看得太严肃,很多女人都有这个问题。"

"难道您就没有吗?"

"我对旋花可是很认真的,"鲍多克愤愤地望着小径上成堆的野草说,"还有蚜虫。我也很认真对待我的胃,因为若不好好照顾,就会让我痛不欲生。不过我从不想对别人

---

① 布卢姆斯伯里(Bloomsbury),伦敦东部较新兴的区域。

的人生太过认真,因为我太尊重别人了。"

"您不明白,万一雪莉不幸福,我一定受不了。"

"又来废话了,"鲍多克不客气地说,"万一雪莉不幸福,又有什么关系?大部分的人都有起落,不快乐也得受,就像所有其他事一样。人得秉持勇敢乐观,才能在世间闯荡。"

他锐利地看着劳拉。

"你自己呢,劳拉?"

"我自己?"劳拉诧异地问。

"是的,假设你不快乐呢?你能够忍受吗?"

劳拉笑道:"我从没想过这个问题。"

"为什么?多想点自己的事吧,女人的无私可能会是一种灾难。你想从人生得到什么?你都二十八了,正值适婚年龄,何不开始物色对象?"

"别闹了,鲍弟。"

"蓟草和羊角芹真讨厌!"鲍多克吼道。"你是女人,不是吗?而且还是位长相清秀、十足正常的女人。还是你其实不太正常?男人想吻你时,你会有什么反应?"

"很少有男人想吻我。"劳拉说。

"为什么?因为你没有扮好女人的角色。"他对劳拉摇着手指,"你的心思一直兜在别的事上。瞧你这衣鲜人洁、清秀贤淑的模样,正是我母亲会喜欢的女孩。你何不涂点艳色的口红和指甲油?"

劳拉盯了他一眼。

"您不总说您痛恨口红和红指甲吗?"

"痛恨?我当然讨厌它们,我都七十九岁了!但那是一种表征,表示你在寻找对象,准备让人追求,算是发出求偶讯号吧。劳拉,听好了,你未必人见人爱,不像有些女人风情万种,但自会有特定类型的男人因喜欢你的质朴而追求你,那种男人知道你就是他的真命天女。可是如果你按兵不动,便很难有机会,你得有所表示,记得自己是个女人,扮演女人的角色,寻觅自己的男人。"

"亲爱的鲍弟,我很喜欢您的训示,可我向来是个无可救药的丑小鸭。"

"所以你想当老处女吗?"

劳拉的脸微微一红。

"不,当然不想,我只是不认为自己嫁得出去。"

"太悲观了吧!"鲍多克大笑道。

"我才没有,我只是认为不可能有人会爱上我。"

"什么样的女人都有人爱,"鲍多克粗鲁地说,"兔唇的、生粉刺的、下巴长的、蠢笨的!你认识的已婚妇女有一半不都这样?小劳拉,你只是怕麻烦而已!你想付出爱,却不愿被爱,你是怕被爱的负担太沉重吧。"

"您觉得我会太宠雪莉吗?对她占有欲太强?"

"不会,"鲍多克缓缓说道,"我不认为你有占有欲,我很确信。"

"那么,人会太溺爱另一个人吗?"

"当然会!"他吼道,"任何事都可能做得太过,吃太多、喝太多、爱太多……"

他引述道:

我知道上千种爱的方式,
但每一种都令被爱者感到悔恨。

"牢记这句话,小劳拉,好好地思索。"

❖

劳拉面带微笑地走回家,进屋时,埃塞尔从屋后走来低声说:"有位格林-爱德华兹先生在等你,很体面的年轻绅士,我请他到客厅等,他看起来不像坏人或身世凄凉的样子。"

劳拉淡淡一笑,她相信埃塞尔的判断。

格林-爱德华兹?她完全想不起这名字,或许是战时曾在此驻扎的飞行军官。

劳拉穿过走廊来到客厅。

年轻人一见她进来,当即起身,劳拉根本不认识他。

在未来的几年,她对亨利的感觉也一直如此,他是个陌生人,连一刻都不曾熟稔。"

年轻人敛住原有的热情笑容,似乎吃了一惊。

"是富兰克林小姐吗?"他说,"可是你并没有——"他突然再次展笑,自信地说:"我猜她是你妹妹了。"

"你是指雪莉吗?"

"没错。"亨利松口气说,"雪莉,我昨天打网球时遇见她,我是亨利·格林-爱德华兹。"

"请坐。"劳拉表示,"雪莉去牧师家喝茶,应该很快就会回来。你要不要喝点雪利酒?还是想喝琴酒?"

亨利表示想喝雪利酒。

两人坐在客厅里聊天,亨利的仪态不错,温和斯文,让人不会有戒心;太过自信的气势可能会引起反感。亨利十分开朗健谈,泰然自若,对劳拉又非常客气。

"你住在贝布里吗?"劳拉问。

"没有,我跟姑姑住在恩兹莫。"

恩兹莫远在大约六十英里外,在米契斯特的另一侧。见到劳拉有些诧异的表情,亨利发现自己得稍作解释。

"我昨天拿错别人的网球拍了,"他表示,"我实在太蠢了,所以只好过来还球拍,顺便把自己的拿回来,我设法弄到一些汽油,便开车过来了。"

他温和地看着劳拉。

"你拿到球拍了吗?"

"是的。"亨利说,"我幸运吧?我这人非常糊涂,在法国时老是搞丢装备。"

他天真地眨眨眼。

"既然都来了,干脆顺便拜访一下雪莉。"

他是不是有一丝丝尴尬?

但这并不损劳拉对他的喜爱,真的,她觉得这样比自负凌人来得好。

这年轻人颇讨人欢心,劳拉可以明显感受到他的魅力,但心中却有股莫名的敌意。

劳拉怀疑,是否又是占有欲在作祟?雪莉昨天遇见亨利,为何只字不提?

两人继续聊着,此时已过七点,亨利显然打算留至见到雪莉,不顾正常拜访时间了。劳拉不知雪莉还要多久才回来,这时她通常已经到家了。

她对亨利喃喃表示歉意,离开客厅进书房打电话到牧师家。

牧师娘接电话说:"雪莉吗?有呀,劳拉,她正在跟罗宾打钟式高尔夫,我去喊她。"

电话那头安静片刻,接着是雪莉活泼轻快的声音。

"劳拉吗?"

劳拉淡淡说道:"有人追到家里来找你了。"

"追到家里?谁?"

"他叫格林-爱德华兹，一个半小时前不请自来，现在还在这儿，我看他没见到你是不会走的，他已经快聊不下去了！"

"格林-爱德华兹？我从没听说过这个人，噢，天啊，我最好回家看看，可惜我都快打赢罗宾了。"

"他昨天也去打网球了。"

"不会是亨利吧？"

雪莉似乎惊讶到有些喘不过气，她的语气颇令劳拉诧异。

"有可能是亨利，"劳拉轻描淡写地说，"他跟姑姑住在——"

雪莉屏息地打断她说："是亨利没错，我马上回来。"

劳拉吃惊地放下听筒，缓缓走回客厅。

"雪莉很快就会回来。"她说，并邀亨利留下来吃晚饭。

❖

劳拉坐在桌首的椅子上望着两人，天色昏黄尚未转黑，窗帘还未拉上，柔光轻洒在两张动不动便转向彼此的青春脸庞上。

劳拉冷冷看着他们，试图厘清逐渐增强的焦虑。她究竟为何不喜欢亨利？不对，不是那样，她认为温文有礼的亨利可爱又讨人欢心，但她对他一无所知，因此无从判断。他是不是太自在、太不拘礼数、太满不在乎了？没错，这种解释最贴切：满不在乎。

劳拉最在意的当然就是雪莉，她震惊极了，原以为自己了解雪莉的一切，没想到妹妹竟然还有不为人知的一面。劳拉和雪莉并非无话不谈，但过去这些年，雪莉总会对劳拉倾诉自己的喜怒哀乐。

可是昨天劳拉随口问她："有什么好玩的事吗？还是只有贝布里的人？"雪莉仅草草答道："噢，大多是贝布里的人。"

不知雪莉为何不提亨利，劳拉想起雪莉当时在电话中突然屏息问道："是亨利吗？"

劳拉将心思拉回身旁的对谈上。

亨利正要结束谈话……

"你若愿意，我可以到卡尔斯威接你。"

"噢，太棒了，我很少看赛马。"

"麦顿的马没什么看头，但我一位朋友有匹千里马，我们可以……"

劳拉冷静地思索，亨利摆明了要追求雪莉，他这身打扮、张罗汽油老远跑来还球拍，都在表示他非常喜欢雪莉。劳拉不会一厢情愿地自作多情，但她相信自己能预见未来。

亨利和雪莉会结婚。劳拉颇有把握，然而亨利是个陌生人……她永远无法真正了解他，就如同此时一样。

而雪莉会了解他吗？

第三章

"我在想,你该不该去见我姑姑。"亨利说。

他困惑地望着雪莉。

"我怕你会觉得很无聊。"

他们靠在马匹检阅场的围栏上,瞅着唯一的十九号马匹,它被牵着不断绕圈。

这是雪莉第三次陪亨利看赛马了,其他年轻人喜欢美景,亨利却只关心运动,这就是亨利与其他人迥异和令人心动之处。

"我相信一定不会无聊的。"雪莉客气地说。

"你一定会受不了,"亨利表示,"她研究占星术,对金字塔有套怪理论。"

"你知道吗,亨利,我连你姑姑的名字都不知道。"

"你不知道?"亨利讶异地问。

"她姓格林-爱德华兹吗?"

"不,是费布洛,缪丽尔·费布洛女士。姑姑其实人不错,不太管我的行踪,且遇到困难时,总愿意解囊相助。"

"那匹马看起来很没劲儿。"雪莉望着十九号,鼓足勇气才说出批评意见。

"可怜的马儿,"亨利同意道,"这是汤米·特威斯顿最劣等的马匹之一,好像第一道栏栅都没跳过。"

检阅场里又进来两匹马,更多人围聚在栏杆边。

"这是什么?第三场赛马吗?"亨利看着手上的卡片,"赛马的编号出来了吗?十八号会跑吗?"

雪莉抬眼瞄着身后的看板。

"会。"

"如果价钱还可以,咱们可以赌那匹。"

"你真的很懂马,亨利,你是……从小跟马一起长大的吗?"

"我大半都是跟职业赌马的人学的。"

雪莉斗胆提出一直想问的问题。

"真好笑,不是吗,我对你所知如此有限!你有父母吗,或者你跟我一样是孤儿?"

"噢！我父母亲被炸死了，当时他们就在巴黎夜总会①。"

"噢，亨利……太可怕了。"

"是啊。"亨利同意道，但并未表露太多情绪，他似乎也觉察到了，便又表示："事情都已过去四年了，我很爱我父母，但总不能老活在回忆里吧？"

"也对。"雪莉不是很能理解。

"为什么突然问这么多？"亨利问。

"想多了解你嘛。"雪莉几近歉然地说。

"是吗？"亨利似乎真的很讶异。

他表示："反正你最好跟我姑姑见个面，劳拉才不会有话讲。"

"劳拉？"

"劳拉是那种很传统的人，不是吗？这样就能让她觉得我很尊重、很有诚意了。"

不久，缪丽尔夫人捎信敬邀雪莉前去午餐，并表示亨利会开车来接她。

❖

亨利的姑姑很像白皇后②，她穿了一堆乱七八糟、颜色

---

① 巴黎夜总会（Caté de Paris），伦敦知名夜总会，1941年被德军炸毁。
② 白皇后（White Queen），《爱丽丝梦游仙境》中的角色。

鲜艳的毛衣,专心地编织着,渐白的棕发盘成发髻,髻上横七竖八地冒出松落的发束。

她融合了活泼与呆滞的特质。

"你能来真好,亲爱的。"她慈祥地握着雪莉的手,结果掉了一团毛线球,"把毛线捡起来,亨利,好乖。来,告诉我,你是什么时候出生的?"

雪莉表示自己生于一九二八年九月十八日。

"噢,是了,处女座,我想也是,几点钟?"

"我不清楚。"

"啧!真可惜!你一定得查出来告诉我,时辰非常重要。我的八号织针呢?我正在帮海军打一件高领毛衣。"

她将衣服拿起来。

"这个水手一定长得很魁梧。"亨利表示。

"我想海军里什么个头的人都有。"缪丽尔夫人自在地说,然后突然天外飞来一笔:"陆军也是,我记得两百二十四磅重的塔格·默里少校打马球时,都得骑特殊体型的小马,他只要一开杀戒,谁也拦不住。他跟派奇里出游时摔断脖子了。"她说得兴味盎然、眉飞色舞。

一名年迈蹒跚的老管家开门,宣布午餐准备就绪。

众人走进饭厅,菜色乏善可陈,银器亦光泽尽失。

"可怜的老梅尔沙姆,"管家离开餐厅后,缪丽尔夫人表示,"其实他已经看不见了,拿东西时手又抖得厉害,我好怕他没法安全地绕过桌子。我一再叫他把东西摆到餐具柜上就好，他就是不依。他不肯把银器收起来，虽然他已无力清理，而且他还跟所有请来的古怪女孩吵架——这年头只找得到那种帮手——说是不习惯她们。这场战争，又有谁能习惯了？"

三人回到客厅，缪丽尔夫人聊了一下《圣经》预言、金字塔的测量、如何购买黑市衣服配给券，以及草花维护的困难。

谈完她突然收卷织物，宣称要带雪莉到花园走走，并叫亨利去通知司机。

"亨利是个可爱的孩子，"两人边走边聊，"当然了，他相当自我中心，又十分挥霍，但他在那种环境长大，你能怪他吗？"

"他……他是像母亲吗？"雪莉小心地慢慢走着。

"噢，亲爱的，不是，可怜的米尔德丽德向来节俭，那可说是她的喜好。我实在不懂我弟弟为什么娶她，她甚至不算漂亮，又十分古板。我想他们去肯尼亚的农庄垦殖时，她应该非常快乐，后来他们开始奢华起来，反倒不适合她了。"

"亨利的父亲是……"雪莉顿了一下。

"可怜的内德，他上过破产法院三次，可是人实在很好。亨利有时令我想到内德……那是一种很特别的水仙百合,不是到处都长得起来,我种得很不错。"

她拧掉一朵枯花,斜望着雪莉。

"你好漂亮,亲爱的,你不介意我这么说吧,而且好年轻。"

"我都快十九了。"

"原来如此……你有工作吗?像现在那些聪明女孩一样?"

"我并不聪明,"雪莉说,"我姐姐希望我去上秘书课。"

"那一定很棒,说不定能当下议院议员的秘书,大家都说会很有意思;不过我倒看不出来。我想你应该不会工作太久,你会结婚。"

她叹口气。

"现在的世界真怪,我刚收到一位老友来信,她女儿刚嫁给一个牙医,一个牙医。我们年轻时,女生才不屑嫁给牙医,嫁医师可以,牙医可不成。"

她转过头。

"哎呀,亨利回来了。亨利,你是不是要带这位……这位……"

"富兰克林小姐。"

"带这位富兰克林小姐走了?"

"我们会绕到布里西斯看看。"

"你是不是一直在用哈曼的汽油?"

"只用几加仑而已,缪丽尔姑姑。"

"我可不答应,听到没?你得自己设法买油,我已经张罗得很头痛了。"

"你才不会介意呢,亲爱的,别计较了。"

"好吧,下不为例。再见了,亲爱的,别忘了把出生时辰寄给我,千万别忘了,到时我就能排出你的命盘了。你应该穿绿的,亲爱的,所有处女座的人都该穿绿衣。"

"我是水瓶座,"亨利表示,"一月二十日。"

"善变,"他姑姑啐道,"记住啰,亲爱的,所有水瓶座的都不可信赖。"

两人开车离去时,亨利说:"希望你不会太无聊。"

"一点也不会,我觉得你姑姑很可爱。"

"噢,我可不认为她可爱,但她人还不错。"

"她很喜欢你。"

"噢,并没有,她只是不介意让我待在身边。"

亨利又说:"我休假快结束了,不久就得回去了。"

"你接下来打算做什么?"

"还不晓得,我考虑过当律师。"

"然后呢?"

"不过干律师太辛苦了,也许我会去做点生意什么的。"

"哪种生意?"

"先看看有没有朋友能带我入行,我在银行界有点人脉,也认识几个企业大亨,愿意让我从基层做起。"亨利补充说,"我没什么钱,你知道,准确地说,一年只有三百英镑,我是指我自己的钱。我大部分的亲戚都穷得跟鬼一样,找他们也没用。缪丽尔姑姑会不时伸手接济,不过现在她自己手头也有点紧。若真有急用,我有位教母还蛮慷慨的。我知道这样有点勉强……"

雪莉不解他为何一下说了这么多私事。"你为什么要告诉我这些?"

亨利脸一红,车子歪行了一下。

他低声喃喃说:"我还以为你知道……亲爱的……你是如此可爱……我想娶你……你一定要嫁给我。一定要,一定要……"

❖

劳拉焦急地看着亨利。

她觉得有如在结冰的寒日里爬山,一爬上去便往下滑。

"雪莉太年轻了,"她说,"年纪太小了。"

"拜托,劳拉,她都十九岁了,我有位教母十六岁就结婚,不到十八岁便生了双胞胎。"

"那是很久以前的事。"

"战时很多人也都年纪轻轻就结婚。"

"他们都后悔了。"

"你不觉得自己太悲观吗?雪莉和我绝不会后悔。"

"你怎么知道?"

"噢,我知道的。"他冲劳拉咧嘴一笑,"我有十足的把握,我疯狂地爱着雪莉,将尽一切力量给她幸福。"

他满心期望地看着劳拉,再次开口表示:"我真的非常爱她。"

亨利的真诚令劳拉卸下心防,亨利确实深爱雪莉。

"我知道自己并不富有……"

他又令人无法招架了。劳拉担心的根本不是经济问题,她并无让雪莉嫁入"豪门"的野心,亨利和雪莉在一起,虽无万贯家财,但若俭省点,亦不致匮乏。亨利的前景不比成千上万退役下来、一无所有的年轻人差。他有健壮的体魄、聪明的脑袋、迷人的仪态。是的,也许劳拉不信任的正是亨利的魅力,没有人像亨利那么魅力四射。

劳拉再次开口时,语气颇为严正。

"不行,亨利,现在还不是谈婚姻的时候,至少要先订婚一年,让你们有时间确认自己的心意。"

"说真的,亲爱的劳拉,你怎么像个年近五十、维多利亚时期的严父?不像是姐姐。"

"我得站在父亲的角度替雪莉想,你可以趁这一年找份工作,为自己打根基。"

"太可惜了,"他的笑容依旧迷人,"我觉得你根本不想让雪莉嫁给任何人。"

劳拉脸一红。

"胡说。"

亨利对自己一语中的颇感得意。他跑去找雪莉。

"劳拉实在很烦,我们为什么不能结婚?我不想等了,我痛恨等待,你呢?若是等太久,热头就过了。我们大可偷偷跑去别处注册结婚,如何?这样可以省去很多麻烦。"

"不行,亨利,我们不能那么做。"

"为什么不行?我说过,这样可以省掉很多麻烦。"

"我还未成年,我们不是应该等劳拉同意吗?"

"是的,我想你得等,她是你的法定监护人是吗?或是那个叫什么来着的老头?"

"我其实也不太清楚,鲍弟是我的托管人。"

亨利说:"问题是,劳拉不喜欢我。"

"错了,她喜欢你,亨利,这点我很确定。"

"不,她不喜欢我,因为她嫉妒。"

雪莉满脸疑惑。

"你真的这么认为?"

"她从来未曾喜欢过我——打从一开始就这样,枉我费尽心思讨好她。"亨利听起来很受伤。

"我知道你对她很好,可是亨利,我们的事对她来说毕竟太突然了,我们才认识——多久?三个星期。就算必须多等一年,我想也真的没关系。"

"亲爱的，我可不想等一年，我现在、下个星期、明天就娶你，你愿意嫁给我吗？"

"噢，亨利，我愿意，我愿意。"

❖

不久，鲍多克先生获邀共进晚餐，认识亨利。餐后劳拉迫不及待地问："怎么样？您觉得他如何？"

"慢慢来，我哪有办法吃顿饭就评断一个人？小伙子很有礼貌，恭敬地听我说话，不会把我当糟老头。"

"您只有这些要说吗？他配得上雪莉吗？"

"亲爱的劳拉，在你眼里，没有人配得上雪莉。"

"您说的也许没错……但您喜欢他吗？"

"喜欢，我觉得他是个讨人喜欢的小伙子。"

"您认为他会是个好丈夫吗？"

"噢，那我就不敢讲了，为人夫的话，我怀疑他可能在很多方面会不尽如人意。"

"那我们就不能让雪莉嫁给他。"

"雪莉若想嫁，谁也拦不住。而且我敢说，他不会比雪莉选择的其他人差。我不认为他会对雪莉动粗、在她的咖啡里掺砒霜，或在公众场合骂她。劳拉，讨人喜欢又有礼貌的先生，优点算多的。"

"您知道我怎么想的吗？我觉得他非常自私而且……残忍。"

鲍多克挑着眉。

"我不能说你错。"

"所以呢?"

"但她喜欢这家伙呀,劳拉,她非常喜欢他,事实上,她为亨利疯狂。这个年轻人或许不合你的意,严格说起来,他也不是我喜欢的类型,但他无疑是雪莉要的。"

"如果她能看清他的真面目就好了!"劳拉大声说道。

"她会发现的。"鲍多克表示。

"到时就太迟了!我希望她现在就看清他!"

"我想这并不会有差别,她已决心跟他在一起了。"

"若能把她送往别处……搭游轮或到瑞士什么的。可是战后一切都变得如此艰困。"

"若要问我,"鲍多克说,"我会说阻止别人婚嫁是件吃力不讨好的事;除非有重大理由,如对方已经娶妻、生了五个孩子、患有癫痫,或盗用公款被通缉,我会愿意一试。你知道,若能成功拆散他们,把雪莉送上游轮、瑞士或南海的岛上,会发生什么事吗?"

"什么?"

鲍多克对劳拉摇着手指头强调说:"雪莉会带着另一个同样类型的男生回来,人知道自己要什么,雪莉要亨利,她若得不到亨利,便会四处寻觅,直至找到与亨利类似的人。这种事我见太多了,我的挚友娶了一个害他生不如死的老婆，一天到晚啰嗦他、欺负他、对他颐指气使，没有一刻安宁，大家都不懂他为何不休妻。后来他走运了！老婆罹患严重肺炎死了！六个月后，这朋友改头换面，简直像个不同的人，不少气质美女对他表示兴趣。十八个月后，猜他干了什么？他娶了一个比第一任老婆还恶劣的女人。人类的天性真是难解之谜啊。"

鲍多克重重吸了口气。

"所以，别再庸人自扰了，劳拉，我说过，你对人生太过严肃，你无法替别人过日子。小雪莉有自己的路要走，我觉得她比你更懂得应付自己的人生。我担心的人反而是你，劳拉，我一向如此……"

第四章

亨利用他惯有的迷人风度无奈地表示:"好吧,劳拉,如果非先订婚一年不可,我们就听你的。你一定很舍不得与雪莉分开,因为你还来不及习惯。"

"问题不在那儿……"

"不是吗?"他扬起眉,略带讽刺地笑着说,"雪莉不是你最宠爱的小羊吗?"

他的话令劳拉不安。

亨利离开后,日子并不轻松。

雪莉虽未露出敌意,却十分疏远。她喜怒无常,总是怀着怨气。她整天盼望能收到信,收到信后却又不开心。

亨利不擅长写信,他的信件相当简短草率:"亲爱的,一切好吗?我很想你,我昨天骑了一趟定点越野赛马,表现很差。一切都好吗?永远爱你的亨利。"

有时一整个星期音讯全无。

有一次雪莉到了伦敦,两人仅相聚片刻。

亨利拒绝接受劳拉的邀请。

"我不想到你家度周末!我想娶你,永远将你据为己有,而不是去你家,在劳拉的监督下带你'出门'。别忘了,若是可以的话,劳拉一定会让你跟我反目。"

"噢,亨利,劳拉绝不会做那种事,绝对不会。她很少谈到你。"

"她是希望你能忘记我吧。"

"我怎么可能!"

"爱吃醋的老女人。"

"噢,亨利,劳拉人很好的。"

"对我不好。"

雪莉心情烦郁地回到家。

劳拉让步说:"你何不找亨利周末来玩?"

雪莉难过地说:"他不想来。"

"不想来?真奇怪。"

"有什么好奇怪,亨利知道你不喜欢他。"

"我喜欢他呀。"劳拉努力挤出诚意。

"劳拉,你没有!"

"我觉得亨利相当迷人。"

"可是你不希望我嫁给他。"

"雪莉——不是那样的,我只是希望你能非常、非常确定。"

"我的确很确定。"

劳拉心急地叫道:"我是因为疼你,不希望你犯错。"

"那就别那么爱我,我不想一直被疼!"她又说,"其实你是在嫉妒。"

"嫉妒?"

"嫉妒亨利,你不希望我爱上别人。"

"雪莉!"

劳拉别开脸,面色惨白。

"你根本不希望我嫁给任何人。"

劳拉僵直地走开,雪莉冲上来歉声连迭地说:"亲爱的,我不是故意的,不是故意的,我实在太不应该了,可是你似乎很讨厌亨利。"

"那是因为我觉得他有些自私。"劳拉重申她对鲍多克说过的话,"他并不……他并不善良,我总觉得他在某方面会很……无情。"

"无情?"雪莉重复着,看不出任何忧惧。"是的,劳拉,就某方面而言你说得对,亨利可以很无情。"

她又说:"那也是他吸引我的特质之一。"

"可是你要考虑清楚,万一你生病、有困难,他会照顾你吗?"

"我不确定自己想被照顾,我可以照顾自己,还有,请别担心亨利,他很爱我。"

"爱?"劳拉心想,"爱是什么?年轻男子一时的激情吗?亨利对雪莉的爱能比这激情多多少?或者我真的在嫉妒?"

劳拉轻轻挣开雪莉的手,心烦气躁地走开了。

"难道我真的不希望她嫁给任何人?而不只是亨利而已?任何人我现在不这么觉得,那是因为雪莉并不想嫁给其他人。假若求婚的是别人,我也会像现在这样有同样的感觉吗,对自己说:不是他——不是他?我是不是太爱雪莉了?鲍弟警告过我,我太爱雪莉,所以不希望她嫁人,不想让她离开,想将她据为己有,绝不放她走。我到底在反对亨利什么?其实我从来没了解过亨利,他跟最初一样陌生。我只知道他不喜欢我,亨利又何必喜欢我。"

翌日,劳拉遇到刚从牧师住处走出来的罗宾·格兰特,他摘掉嘴里的烟斗,与劳拉寒暄,然后陪她一起走到村中。罗宾表示自己刚从伦敦回来,顺便提到:"我昨晚看见亨利跟一名漂亮的金发女子吃饭,他的样子十分殷勤,你可千万别告诉雪莉。"

说罢哼声一笑。

劳拉知道喜欢雪莉的罗宾对亨利十分眼红,但听了不免惊疑。

她觉得亨利不是专情的人,怀疑他最近跟雪莉见面时差点吵起来。假若亨利和别的女孩好呢?假若亨利取消婚约?

"那不正是你要的吗?"有个声音在她心中嘲弄着,"你不希望雪莉嫁给亨利,所以才坚持要他们先订婚一年,不是吗?承认吧!"

万一亨利跟雪莉分手,她也高兴不起来,因为深爱亨利的雪莉一定会伤心欲绝。如果雪莉非他莫嫁,那么为了雪莉好——

那声音嘲弄道:"你是指为了自己好吧,你想霸占雪莉……"

劳拉不想强留雪莉。不希望她难过,为情人心碎。她有什么资格评断什么对雪莉是不是最好的?

劳拉回家后提笔写信给亨利:"亲爱的亨利,我一直在考虑,假如你与雪莉真心想结成连理,我就不该阻止……"

一个月后,在牧师主持下(他得了感冒),披着白纱的雪莉在贝布里的教堂中嫁给了亨利,绷着大礼服的鲍多克先生将新娘交给新郎官,幸福洋溢的新娘与劳拉拥别,劳拉严厉地告诫亨利说:

"要好好待她,亨利,你会对她好吧?"

亨利一贯轻松地说:"亲爱的劳拉,你觉得呢?"

第五章

"你真的觉得不错吧,劳拉?"

新婚三个月的雪莉急切地探问。

劳拉参观整间公寓后(两房一厨一卫),由衷称赞说:"我觉得你布置得很漂亮。"

"我们刚搬进来时好恐怖,脏得要命!我们几乎都亲自清理,天花板当然不是了。好有趣啊,你喜欢红色的浴室吗?本来应该随时有热水的,但天不从人愿。亨利觉得红色能让水变得更热,才怪呢!"

劳拉哈哈大笑。

"你们一定过得很开心。"

"我们运气好才找到这间公寓,其实这是亨利朋友的,他们把公寓让给我们,唯一奇怪的是,他们住这里时好像都没付账单,不时有送奶工人和杂货铺的人凶恶地跑来要债,不过当然这不关我们的事。我觉得欺骗商人很不道德,尤其是做小本生意的,但亨利觉得无所谓。"

"那样可能会比较难赊账。"劳拉说。

"我每周都按时付款。"雪莉表示。

"你们钱够用吗,亲爱的?花园最近收入不错,如果你们需要多个一百英镑的话。"

"你真是的,劳拉!不需要,我们好得很,留着紧急时用吧,搞不好我会生场大病。"

"瞧你的样子,哪像会发生那种事!"

雪莉朗声大笑说:"劳拉,我好快乐。"

"祝福你!"

"哈啰,亨利回来了。"

亨利开锁进入屋内,用惯有的轻松语调与劳拉打招呼。

"哈啰,劳拉。"

"哈啰,亨利,我觉得公寓很漂亮。"

"亨利,新工作如何?"

"什么新工作?"劳拉问。

"是呀,他辞掉工作了,那工作沉闷极了,只能贴邮票和跑邮局。"

"我很愿意从基层做起,"亨利说,"但不想在地下室工作。"

"这份工作怎么样?"雪莉急切地重问一遍。

"我想应该蛮有前景的,"亨利说,"但不是当下。"

他对劳拉露出迷人的笑容,表示非常高兴见到她。

这次的探访非常愉快,回到贝布里后,劳拉觉得先前的担心与疑虑显得十分可笑。

❖

"亨利,我们怎么可能欠这么多钱?"雪莉挫败地说。她和亨利结婚刚满一年。

"我知道,"亨利表示同意,"我也常这么想!我们不可能欠那么多?不幸的是,"他难过地补充说,"这往往是事实。"

"可是我们怎么付得出这些钱?"

"噢,一定有办法搪一搪的。"亨利含混地说。

"幸好我有在花店工作。"

"是啊,幸好如此,希望你不觉得是被迫工作,得你喜欢才行。"

"我蛮喜欢那份工作的,若整天没事做,一定无聊了。会欠那么多钱,是因为有人乱买东西。"

亨利拿起一叠账单说:"这种事实在令人沮丧,真讨厌春季结账日①，感觉上圣诞节还没过，就已经要报税了。"他低头看着最上面的账单，"这个做书架的家伙讨钱态度真恶劣，我好想直接把他塞进字纸篓里。"说着亨利将账单扔进垃圾桶中，然后看着下一张，"'亲爱的先生，恕我们一再提醒您——'这才客气嘛。"

"那么你会付这笔账吗？"

亨利说："未必，不过我会把它归到'预备缴清'的档案里。"

雪莉大笑："亨利，我实在服了你。我们到底该怎么做？"

"今晚先别烦恼，咱们去找个高级餐厅吃饭。"

雪莉对他扮鬼脸。

"那有帮助吗？"

"对咱们的经济情况没帮助，"亨利坦承，"不过能让我们开心。"

❖

亲爱的劳拉：

不知可否借贷我们一百英镑？我们手头有点紧。你或有所闻，我已失业两个月（其实雪莉并不知情），不过我就快找到一份优渥的工作了。这期间我们为了

---

① 春季结账日（Lady Day），指 3 月 25 日。

躲债,只敢搭仆人用的电梯出门。很抱歉贸然向你开口,但这种苦差事最好由我出面,因为雪莉可能不想这么做。

亨利敬上

❖

"我不知道你去跟劳拉借钱!"

"我没跟你说吗?"亨利懒懒地转头说。

"不,你没有。"雪莉冷冷地表示。

"好吧,亲爱的,你可别把我的头拧掉,是劳拉跟你说的吗?"

"没有,她没说,我在存款簿上看到的。"

"劳拉人真好,二话不说就借了。"

"亨利,你为什么跟她借钱?我真希望你没借,而且你应该先知会我一声。"

亨利咧嘴一笑。

"你不会准许的。"

"没错,我不准。"

"老实说,雪莉,我们情况急迫,我跟老缪丽尔借了五千英镑,我以为我的教母老伯莎至少会借一百,却被她一口回绝了,她大概得付附加税吧,我还被训了一顿。我又试过其他一两个地方,都没结果,最后只好找上劳拉。"

雪莉凝重地看着亨利。

"我们已经结婚两年了,"她心想,"现在终于看清亨利的真貌,他永远无法久做一份正职,且花钱无度……"

亨利虽有缺点,雪莉仍觉得嫁给他非常幸福。亨利迄今已换过四份工作,找工作对他似乎不成问题,因为亨利有一大票富裕朋友,只是他总做不久,不是腻了不想干,就是被解雇。还有,亨利用钱毫无节制,又容易借到钱。亨利解决问题的办法就是借贷,他不介意跟人伸手,雪莉却非常在意。

她叹口气问:"你觉得我有可能改变你吗,亨利?"

"改变我?"亨利惊讶地问,"为什么?"

❖

"哈啰,鲍弟。"

"小雪莉!"鲍多克沉坐在破旧的大扶手椅中,对雪莉眨眼说,"我刚才可没睡着。"

"当然没有。"雪莉贴心地答道。

"很久没见你回来了,还以为你忘记我们了。"鲍多克表示。

"我从未忘记你!"

"你丈夫一起来了吗?"

"这次没有。"

"噢。"他仔细打量她,"你怎么看上去如此苍白消瘦?"

"我在节食。"

"女人哪!"他轻哼说,"是不是遇到麻烦了?"

雪莉突然对他发脾气说:"当然不是!"

"好啦好啦,我只是想知道而已,现在大家什么事都不跟我说,我又耳背,不像以前还能偷偷听到什么,日子真是无趣极了。"

"可怜的鲍弟。"

"医生还叫我少做点园艺——别弯腰在花圃里工作,因为血液会冲到脑部。这些白痴医生只会一天到晚唠叨!"

"真遗憾,鲍弟。"

鲍多克满心期待地说:"所以啦,你若想告诉我什么事,我绝不会传出去,我们不必告诉劳拉。"

雪莉顿了一下。

"其实我的确是来找你谈事情的。"

"我就知道。"鲍多克说。

"我想你或许能给我……一些建议。"

"我不会给建议,那样太危险了。"

雪莉没将他的话放在心上。

"我不想跟劳拉说,她不喜欢亨利,但你喜欢他,是吗?"

"我是蛮喜欢亨利的,"鲍多克答道,"跟他聊天很愉快,而且他很乐意听老人家抱怨,我喜欢他的另外一点是,他从不担心任何事。"

雪莉笑了。

"他真的是天塌了也不怕。"

"这种人现在很少见了,每个人都忧心忡忡,闹着胃病。是的,亨利很可爱,我不像劳拉那样对他的道德观有意见。"

接着他柔声问:"亨利怎么了吗?"

"鲍弟,你觉得我卖掉自己的资产会很蠢吗?"

"你最近就是在办这件事吗?"

"是的。"

"你结婚了,资产便交还你管了,你自己的资产想怎么处置都行。"

"我知道。"

"是亨利建议你卖的吗?"

"不是……真的不是,全是我自己要的。我不希望亨利破产,我想亨利根本不在乎自己破不破产,但我在乎。你觉得我很笨吗?"

鲍多克想了一会儿。

"就某方面而言,是的,但另一方面,一点也不笨。"

"具体说说。"

"你并不富有,说不定将来会有急用,假如你想靠那位迷人的丈夫养你,请务必三思。就这一点,你很傻。"

"另一方面呢?"

"从另一个角度看,你付钱让自己心安,也算是明智之举。"他锐利地看了雪莉一眼,"还爱你先生吗?"

"爱。"

"他是个好丈夫吗?"

雪莉在房中慢慢踱步,有一两次茫然地用手指划过桌面椅背,瞅着上面的尘埃。鲍多克盯着她。

最后雪莉终于做出决定,站到壁炉边,背对鲍多克。

"不算很好。"

"怎么说?"

雪莉淡漠地表示,"他跟别的女人有染。"

"真的?"

"我不知道。"

"所以你离开了?"

"是的。"

"生气吗?"

"气坏了。"

"会回去吗?"

雪莉沉默片刻。

"是的,我会回去。"

"唉,"鲍多克说,"那是你自己的人生。"

雪莉上前亲吻鲍多克的额头,他低哼一声。

"谢谢你,鲍弟。"她说。

"甭谢了,我什么也没做。"

"我知道,"雪莉说,"那正是你最棒的地方!"

第六章

雪莉心想，麻烦的是，人总会疲惫。

她靠在舒服的地铁座椅上。

三年前，她根本不知何谓疲倦，在伦敦居住或许是原因之一吧。一开始她在西区的花店只做兼差，现在已经是全职了，下班后总有杂物得买，然后在尖峰时段挤车回家，再准备晚餐。

亨利的确对她的厨艺赞不绝口！

雪莉闭眼靠坐着，有人重重踩到她的脚趾，她皱起眉头。

心想："可是我好累……"

她飞快地回想婚后这三年半的生活……

最初的幸福……

账单……

更多的账单……

索尼娅·克莱格霍恩……

击退索尼娅·克莱格霍恩，亨利的痛悔、可爱、深情……

接踵而至的财务困境……

强制还款……

缪丽尔伸手相援……

奢侈、没有必要，却十分愉快的在卡纳的假期……

贵族埃姆林·布莱克太太……

帮亨利解困，摆脱埃姆林·布莱克太太的仙人跳……

亨利的感激、悔过、迷人……

新的财务黑洞……

老伯莎帮忙解困……

朗斯代尔小姐……

财务问题……

与朗斯代尔藕断丝连……

劳拉……

尽量不去找劳拉……

被迫找劳拉……

由劳拉张罗……

盲肠炎，开刀，康复……

回家……

与朗斯代尔最后交往阶段……

雪莉的心思停驻在最后一件事。

她躺在公寓里休息，这是他们住过的第三间公寓，里头摆满了从租购系统买来的家具——这是司法官给他们的最后建议。

电铃响了，雪莉懒得爬起来开门，反正不管是谁，迟早会走掉的。但此人也忒固执，电铃响了又响。

雪莉愤而起身开门，与苏珊·朗斯代尔正面相对。

"噢，是你，苏珊。"

"是的，我能进来吗？"

"我很累，我刚从医院回来。"

"我知道，亨利告诉我了，可怜的雪莉，我帮你带了一些花。"

雪莉面无表情地接下一大把水仙。

"进来吧。"她说。

她走回沙发，抬起脚。苏珊·朗斯代尔坐到椅子上。

"你住院时我不想去烦你，"她说，"但我觉得我们应该把事情解决掉。"

"哪方面的事？"

"嗯……亨利的事。"

"亨利怎么了?"

"亲爱的,你该不会想当鸵鸟,把头埋在沙里吧?"

"不会。"

"你应该知道亨利和我互有情愫吧?"

"除非我又瞎又聋,否则怎么会不知道。"雪莉冷冷地说。

"是——是的,当然。我知道亨利非常喜欢你,他不想让你不高兴,但事情就是这样。"

"就是怎样?"

"我真正要谈的是离婚。"

"你是说亨利想离婚?"

"是的。"

"那为什么他没有提起过?"

"噢,亲爱的雪莉,你也知道亨利那个人,他痛恨把话说死,而且他不想让你难过。"

"但是你跟他想结婚?"

"是的,真高兴你能了解。"

"我想我是很了解。"雪莉缓缓地说。

"你能告诉他没问题吗?"

"是的,我会跟他谈。"

"你真是太好了,我觉得最后一定……"

"你走吧。"雪莉说,"我刚出院,而且我很累。走吧——马上——你听见没?"

"哦,真是的,"苏珊愤愤地站起身,"我真的觉得——嗯,至少可以文明一点吧。"

她走出房间,砰地甩上前门。

雪莉定定躺着,泪水缓缓滑落面颊,她愤怒地拭干眼泪。

"三年半,"雪莉心想,"三年半了……竟走到如此地步。"接着,突然,她忍不住开始狂笑,刚才的愁绪简直就像一场烂戏里的台词。

不知过了五分钟还是两小时后,雪莉听见亨利拿钥匙开门。

他跟平时一样愉快地走进家门,手里拎着一大把长梗黄玫瑰。

"送你的,亲爱的。漂亮吗?"

"很美。"雪莉表示,"其实,我已收到一把廉价的丑水仙了,而且已过了盛开期。"

"哦,谁寄来的?"

"不是寄来的,有人送过来。苏珊·朗斯代尔送来的。"

"真不要脸。"亨利生气地说。

雪莉诧异地望着他。

"她来这里做什么?"亨利问。

"你难道不知道？"

"我可以猜得到，那个女人实在愈来愈烦了。"

"她来告诉我，你想离婚。"

"我想离婚？跟你离婚？"

"是的，你不想吗？"

"当然不想。"亨利十分愤慨。

"你不想娶苏珊？"

"鬼才想娶她。"

"但她想嫁你。"

"恐怕是的。"亨利一副很沮丧的样子。"她老是打电话来或写信给我，我不知该拿她怎么办。"

"你跟她说你想娶她吗？"

"噢，只是说说而已。"亨利含糊地说，"或者讲着讲着就半推半就了……每个人多少都碰过这种事嘛。"他不安地对雪莉笑一笑，"你不会跟我离婚吧，雪莉？"

"有可能。"雪莉说。

"亲爱的……"

"我已经相当……累了，亨利。"

"我是个混蛋，是个烂丈夫。"他跪到她身边，露出昔日的魅笑，"可是我真的好爱你，雪莉，其他都只是逢场作戏，了无意义。除了你，我谁也不想娶，你能继续包容我吗？"

"你对苏珊究竟是什么感觉？"

"我们能不能把苏珊忘了？她那么乏味。"

"我只想了解一下。"

"嗯……"亨利想了一下，"我大概为她疯狂过两周，无法成眠，在那之后我仍觉得她很不错，再之后觉得她开始有点无趣，然后她就变得真的很无趣了，最近她简直像瘟疫。"

"可怜的苏珊。"

"别担心她，那人寡廉鲜耻得很，是个不折不扣的八婆。"

"亨利，有时我觉得你很没心没肺。"

"我才不是，"亨利怨道，"我只是不明白她们干嘛巴着不放，别那么认真才有趣嘛！"

"自私的恶魔！"

"我吗？也许吧，你不会真的介意吧，雪莉？"

"我不会离开你，但我已经受够了，所有的事都是。钱的事不能信任你，你大概也会继续在外头偷腥。"

"噢，不会的，我对天发誓。"

"唉，亨利，你省省吧。"

"我会尽量不再拈花惹草，可是，雪莉，你知道这些外遇都只是船过水无痕，我在乎的只有你。"

"我自己也很想搞个外遇了！"雪莉说。

亨利表示，雪莉若有外遇，他也无法怪她。

接着他建议两人出去找地方玩耍，吃顿好饭。

那一整晚，亨利都是个悦人的良伴。

第七章

莫娜·亚当斯办了一场鸡尾酒派对。她热爱鸡尾酒派对,尤其是自己办的。由于得拉高嗓门才能盖过宾客们的喧哗,她喊到声音都哑了,这是个非常成功的派对。

莫娜正扯着嗓子与晚到的客人寒暄。

"理查德!太棒了!你从撒哈拉回来啦?还是戈壁?"

"以上皆非,其实是费赞[①]。"

"听都没听过,不过看见你真好!皮肤晒得好漂亮,你想谈什么?帕姆,帕姆,让我介绍一下理查德·怀尔丁爵

[①] 费赞(Fezzan),利比亚西南部地区。

士,就是写冒险书籍——骑骆驼、狩猎大型野生动物和沙漠——的那位旅行家,他刚从……从西藏某处回来。"

她转头再次招呼另一位刚抵达的客人。

"莉迪娅!我怎么不知道你从巴黎回来了,多么美好!"

理查德听帕姆兴奋地说:"我昨晚才在电视上看到你!能见到本人何其荣幸,请告诉我——"

可惜理查德·怀尔丁没空告诉她任何事。

因为另一名旧识过来找他攀谈了。

等酒过三巡,理查德·怀尔丁终于得空走到沙发旁,一位他生平仅见的美女身边。

有人说道:"雪莉,你一定得见见理查德·怀尔丁。"

理查德立即坐到雪莉身旁说:"我都忘了这些派对有多累人!你愿不愿意陪我开溜,找个安静地方喝酒?"

"好啊,"雪莉说,"这里已经愈来愈像动物园了。"

两人开心地溜到户外清凉的夜色里。

理查德拦了部计程车。

"喝酒有点嫌晚了,"他瞄了手表一眼,"反正我们已经喝了不少酒了,我想我们需要吃点东西。"

他将杰明街上一间昂贵小馆的地址给了司机。

点罢餐饭,他朝桌子对面的客人一笑。

"这是我自荒野回来后,最美妙的遭遇,我都忘了伦敦的鸡尾酒派对有多么恐怖了。人们为何要去那种派对？我为什么去？你又为什么去？"

"大概是群聚动物的本能吧。"雪莉笑着说。

冒险的感觉令她眼神发亮，她望着桌子对面这位风度翩然、肤色铜亮的男子。

她颇自得能攫走这位派对上的贵宾。

"你的事我全知道，"她说，"而且我读过你的书！"

"我对你却一无所知，只知道你的名字是雪莉，其他的呢？"

"格林-爱德华兹。"

"还有你已经结婚了。"他的眼神落在雪莉的婚戒上。

"是的，我住伦敦，在花店工作。"

"你喜欢住在伦敦、到花店工作、参加鸡尾酒派对吗？"

"不太喜欢。"

"那你喜欢做什么……或当什么？"

"我想一想，"雪莉半闭着眼，梦幻般地说，"我想到一座远离尘嚣的孤岛，住在一栋有绿色百叶窗的白屋里，整天什么事都不做。岛上满是水果和缤纷芳香的花海……夜夜明月照空……海洋在晚间泛着紫光……"

她叹口气张开眼睛。

"为什么大家老爱选择岛屿？真正的岛屿其实并不舒

适。"

理查德·怀尔丁轻声说："你会说这些话真奇怪。"

"为什么？"

"因为我可以给你一座岛屿。"

"你是说，你拥有一座岛？"

"拥有岛屿的一大部分，而且跟你描述的非常相像。那边的海在夜里呈酒红色，我的白别墅有绿百叶窗，有你所说的五色缤纷的芬芳花海，而且没有行色匆忙的人群。"

"太棒了，听起来像座梦幻岛。"

"却相当真实。"

"你怎么会舍得离开？"

"我很不安于室，但总有一天我会回岛上定居，再也不离开。"

"我觉得你那样做很对。"

侍者送上第一道菜，打断他们，两人开始轻松地天南地北聊着。

餐后理查德送雪莉回家，她没请他入内，理查德说："希望……我们能很快再见？"

他握住她的手，良久不放，雪莉羞红了脸将手抽回。

那晚她梦见一座岛屿。

❖

"雪莉？"

"什么事?"

"你知道我爱上你了吗?"

她缓缓点头。

雪莉不知该如何形容过去这奇异梦幻的三个星期,这些日子她过得魂不守舍。

她知道自己还是很累,但除此之外,尚有一种飘然的甜蜜。

她的价值观亦随之动摇。

仿佛亨利及一切与他相关的事都黯然远退,而浪漫角色理查德·怀尔丁则大刺刺地突显在前,掩过一切。

雪莉用严肃的眼神凝望他。

他说:"你究竟在不在乎我?"

"我不知道。"

她究竟什么感觉?她只知道这名男子日益攻占她的心,知道他的亲近令她快乐。雪莉知道自己是在玩火,也许她会被突来的激情卷走,她只能确定,自己不想放弃与他见面……

理查德说:"你非常忠贞,雪莉,你从不对我提你先生的事。"

"我为什么要提?"

"但我听到不少传闻。"

雪莉说:"人们什么都会说。"

"他对你不忠，我觉得对你也不好。"

"是的，亨利不是个仁慈的人。"

"他没有给你该有的爱、关心与温柔。"

"亨利爱我——用他自己的方式。"

"也许吧，但你要的比那更多。"

"我以前不觉得。"

"但你现在会了，你想要——你的岛屿，雪莉。"

"噢，岛屿只是白日梦罢了。"

"那是一场可以成真的梦。"

"也许吧，但我不这么认为。"

"它可以成真的。"

一股寒风掠过河面，袭向两人的座位。

雪莉起身拢紧外套。

"我们不该再谈这件事了，"她说，"我们这样很愚蠢，理查德，愚蠢而危险。"

"也许吧，但你已不再爱你先生了，你爱的是我。"

"我是亨利的妻子。"

"你关心我。"

雪莉又说了一遍：

"我是亨利的妻子。"

她像背诵信条般地复诵着。

❖

雪莉回家时，亨利穿着白色法兰绒长裤，正躺在沙发上伸腰。

"我好像扭伤肌肉了。"他痛得皱着眉头说。

"怎么弄到的？"

"去罗汉普顿打网球弄伤的。"

"你和斯蒂芬吗？我还以为你们要去打高尔夫。"

"我们改变主意了，斯蒂芬带了玛丽一起，加上洁茜卡·桑兹，一共四个人。"

"洁茜卡？就是我们那晚在射箭场遇见的那个黑女孩吗？"

"呃……是的，就是她。"

"她是你的新欢？"

"雪莉！我跟你说过，我保证……"

"我知道，亨利，但保证算什么？她是你的新欢——我看你的眼神就知道。"

亨利不高兴地说："随便啦，如果你要胡思乱想的话……"

"如果我要胡思乱想，我宁可想想小岛。"雪莉喃喃说。

"为什么是小岛？"

亨利从沙发上坐起身，"我真的觉得身体很僵硬。"

"你明天最好休息，星期天什么事也别做，换个方式。"

"也好。"

然而第二天早上,亨利宣称僵硬感不见了。

他说:"其实我们已经约好还要回去打的。"

"你和斯蒂芬、玛丽——还有洁茜卡吗?"

"是的。"

"或者只有你和洁茜卡?"

"噢,我们全部四个。"他毫不在乎地答道。

"你真会说谎,亨利。"

雪莉的语气并不生气,甚至觉得有些好笑。她想起四年前在网球会上遇见的青年,当年吸引她的,正是他的满不在乎,至今依然不变。

害羞的青年第二天便跑来拜访,死赖着跟劳拉聊到她回家,而今执意追求洁茜卡的,也是同一个青年。

雪莉心想:"亨利真是一点都没变。"

"他并不想伤害我,"雪莉心想,"但他就是那么任性。"

雪莉发现亨利有点跛,便说:"你真的不该去打网球——昨天一定是扭伤了,不能等下周末再去吗?"

但亨利想去,便径自走了。

亨利六点左右回家,一脸菜色地瘫倒在床上,雪莉觉得不妙,不顾亨利反对,坚持打电话给医师。

第八章

第二天下午,劳拉吃完午餐时,电话响了。

"劳拉吗?是我,雪莉。"

"雪莉?怎么了?你的声音听起来怪怪的。"

"劳拉,亨利住院了,他患了脊髓灰质炎。"

"就像查尔斯一样,"劳拉飞快地回想过去那些年,"就像查尔斯一样……"

当年太小,不甚了解的悲剧,此刻突然有了新的意义。

雪莉焦切的声音,跟当年心急的母亲一模一样。

查尔斯死了,亨利会死吗?她琢磨着:亨利会不会死?

❖

"小儿麻痹症跟脊髓灰质炎是一样的疾病吗？"她不解地问鲍多克。

"只是较新的名称罢了。怎么了？"

"亨利得了脊髓灰质炎。"

"可怜的家伙，你在猜他能不能熬过去，是吗？"

"是的。"

"你希望他熬不过去？"

"是啊，是啊，您把我说成跟怪兽一样了。"

"别否认，小劳拉，你心里是这么想的。"

"人确实会有可怕的想法，"劳拉说，"但我真的不会希望有人死掉。"

鲍多克沉思着说道："我想你现在应该不会了——"

"什么叫现在应该不会？噢，您是指以前'穿紫朱衣服的女人'那件事吗？"劳拉忆及过往，忍不住微笑起来。"我来找您是想跟您说，我大概暂时无法天天来看您了，我要搭下午的火车去伦敦陪雪莉。"

"她希望你去吗？"

"她当然希望我去，"劳拉生气地说，"亨利住院，她一个人需要人陪。"

"也许吧……是的，也许是。非常正确。反正我这老头子不碍事。"

行动不便的鲍多克喜欢夸大自怜来逗人。

"亲爱的，我真的很抱歉，可是……"

"可是雪莉优先，好啦好啦……我老几呀？不过是个半瞎半聋、烦人的八十岁老头……"

"鲍弟……"

鲍多克突然咧嘴一笑，挤挤眼说："劳拉，你的心肠也太软了，任何自怜的人都不值得你同情。自怜其实是一种寻常状态。"

❖

"幸好我没卖掉房子，对吧？"劳拉说。

三个月过去了，亨利在鬼门关前走了一遭，但并没死。

"要不是他在出现征兆后还坚持出门打球，就不会那么严重了，因为……"

"情况很糟吗？"

"几乎可以确定他会终生跛足了。"

"可怜的家伙。"

"当然了，他们还没告诉他，我想也许还有机会……或许他们只是说来安慰雪莉而已。反正就像我刚才说的，幸好房子没卖掉。真奇怪，我老觉得不该卖它，我不断告诉自己，这太可笑了，房子对我来说太大，而且雪莉膝下无子，他们绝不会想住到乡下，加上我很想去米契斯特的儿童之家工作。结果房子没卖成，我可以撤回销售，等亨利出院后，雪莉就能带他回来住了，不过那是几个月后的事了。"

"雪莉觉得这安排好吗？"

劳拉皱着眉。

"不，她有些很不情愿的理由，我想我知道原因。"

劳拉很快地看了鲍多克一眼。

"我也知道，雪莉不想跟我说的事，或许都告诉你了。她自己的钱都用光了，是吗？"

"她没跟我说，"鲍多克表示，"但我想她应该没钱了。"他又加了一句："我想亨利也早就口袋空空了。"

"我从他们的朋友和其他人那儿听到很多传闻，"劳拉表示，"两人的婚姻问题重重，亨利花光雪莉的钱、忽略她，而且外遇不断，即使现在病成这样，我还是很难原谅他。他怎能那样对待雪莉？雪莉本来可以很幸福的，她那么开朗活泼，又信赖别人。"劳拉站起来焦躁地踱步，努力平抑自己的声音说："我为什么要让她嫁给亨利？我本来可以阻止，或至少拖延一下，让雪莉有时间看清他的为人。可是她却急着嫁他。我只是希望能让她完成心愿。"

"别再说了，劳拉。"

"更糟的是，我想展现自己没有占有欲，为了证实这一点，却让雪莉痛苦一辈子。"

"劳拉，我跟你说过，你想太多了。"

"我看不得雪莉受苦!我想你大概不在乎吧。"

"雪莉,雪莉!我担心的人是你,劳拉——向来是。从你小时候板着一张法官脸、骑着小脚踏车在花园里乱绕时就是了。你很能吃苦,韧性强又不自怜,你从来不会为自己想。"

"我有什么要紧?得脊髓灰质炎的人又不是我丈夫!"

"看你担心的那股劲儿就很像!你知道我希望你怎样吗,劳拉?我希望你每天开开心心,有个丈夫,生几个调皮捣蛋的孩子。从我认识你,你就一直是个忧郁的孩子,你若想过正常日子,就得做点别的,别把世间的悲苦揽到自己肩上——这事咱们的耶稣已经做了。你不能替别人过日子,即使亲如雪莉也不能。帮助她,对的;但别那么在乎。"

劳拉白着脸说:"你不懂。"

"你跟所有女人一样爱小题大作。"

劳拉默默看了鲍弟一会儿,然后转身离开房间。

"我真是个蠢老头,"鲍多克大声对自己说,"死性不改。"

门突然又打开,鲍多克吓了一跳,劳拉快速进门,走到他椅边。

"你真是一个坏老头。"劳拉说完后啄了一下鲍多克。

等劳拉离开后,鲍多克定定躺在床上,尴尬地眨着眼。

最近他很喜欢自言自语，此时他对着天花板祈祷。

"主啊，请眷顾她，"他说，"我无能为力，也太自以为是了。"

❖

听到亨利生病的消息后，理查德·怀尔丁曾写信给雪莉表示慰问。一个月后他再度提笔求她相见，雪莉复信道："我们最好别再见面，亨利是我唯一的生活重心，你应能理解。再见了。"

他回信说："我早料到你会这么说，祝福你，我亲爱的，永远祝福你。"

雪莉心想，两人之间便算结束了……

亨利活下来了，但现在她得面对更艰苦的现实，她和亨利已一文不名，当他跛足出院时，得先找个地方安顿。

而劳拉是最现成的答案。

慷慨仁慈的劳拉认为雪莉和亨利理当回到贝布里，然而雪莉不知为何极不愿意回去。

因残疾而变得脾气乖戾、乐观尽失的亨利，骂雪莉疯了。

"我不懂你为何反对，这样做是最好的，幸好劳拉没把房子卖掉，那边房间很多，我们可以拥有自己的套房，需要的话，弄个护士或男仆什么的。我实在不懂你在犹豫什么。"

"我们不能去住缪丽尔那儿吗？"

"你是知道的，她中过风，说不定很快又会再犯，她有护士照顾，那护士挺神经的，而且缪丽尔的收入有一半都纳税去了，想都甭想。去劳拉那儿有什么不好？她邀请过我们对不对？"

"当然，邀了不止一遍。"

"那就好啦，你为什么不想去？劳拉很疼你。"

"她很爱我，可是……"

"好吧！劳拉疼你，但她并不喜欢我！这样她更乐了，她可以幸灾乐祸，说我是个没用的残废。"

"不可以这样说话，亨利，你知道劳拉不是那种人。"

"我干嘛在乎劳拉是哪种人？我何必在乎任何事？你明白我的心情吗？明白那种在床上无法自己翻身的无助吗？你在乎个屁！"

"我在乎的。"

"被绑在一个跛子身边，你乐子可多了！"

"我又不介意。"

"你跟所有女人一样，喜欢把男人当成小孩，现在我得事事依赖你，我想你很喜欢吧。"

"你爱怎么说都行，"雪莉表示，"我知道你心里难过。"

"你懂个屁，你哪能了解，我真想死！那些该死的医生何不干脆让我死？他们实在应该那么做。你再说呀，看你还能说些什么安慰的话。"

"好，"雪莉说，"我说，这话你听了会很气。现在的处境对我而言，比对你更糟。"

亨利怒目瞪她，然后嫌恶地大笑说："算你说对了。"

❖

一个月后，雪莉写信给劳拉。

"亲爱的劳拉，谢谢你愿意慷慨收容我们。请别介意亨利和他说的话，此次他深受打击，亨利从未吃过苦，心中极度不平，而今遭此横祸，实在堪怜。"

劳拉很快回了一封充满关怀的信。

两个星期后，雪莉和她残废的丈夫回来了。

面对劳拉热情的拥抱时，雪莉怀疑，自己何以迟迟不愿回来？

这是她的娘家，回到劳拉的关爱与保护下，感觉像又变成了孩子。

"亲爱的劳拉，我好高兴能回来，我好累，累坏了……"

雪莉的模样让劳拉吓了一跳。

"亲爱的雪莉，你吃太多苦了……往后不必再担忧了。"

雪莉不安地说："你千万别把亨利的话放在心上。"

"我当然不会把亨利的话和作为放在心上，我怎能那样？完全失能本来就很可怕，何况是像亨利这样的人，如果他想发泄，就让着他吧。"

"噢，劳拉，你真的理解……"

"当然我理解。"

雪莉松了口气，直到今天早晨，她都几乎没意识到自己活得有多么紧绷。

第九章

理查德·怀尔丁爵士出国前，跑了一趟贝布里。

雪莉早餐时读着他的信，然后转给劳拉。

"理查德·怀尔丁，就是那位旅行家吗？"

"是的。"

"我不知道他是你朋友。"

"呃……他是的，你会喜欢他。"

"他最好能过来一起吃午饭，你跟他很熟吗？"

雪莉表示："有段时间，我以为自己爱上他了。"

"噢！"劳拉很讶异。

她揣想着……

理查德比预期中早到一点,雪莉在陪伴亨利,便由劳拉接待,带他到花园里。

劳拉当下心想:"这才是雪莉该嫁的男人。"

劳拉喜欢他的安静,他的温暖和悲悯,以及散发的威严。

唉!如果雪莉从未遇见那个魅力十足、朝三暮四、铁石心肠的亨利就好了。

理查德·怀尔丁客气地询问病人的状况,谈了一会儿后,理查德表示:"我仅见过亨利两次,但我并不喜欢他。"

接着他贸然问道:"当初你为何不阻止雪莉嫁他?"

"我阻止得了吗?"

"应该能找到办法吧。"

"可以吗?我怀疑。"

两人都不觉得一下子便谈得如此私密有何不妥。

理查德正色道:"顺便告诉你,怕你没猜到,我非常爱雪莉。"

"我想也是。"

"反正没用了,雪莉这下子永远不会离开那家伙了。"

劳拉淡淡说道:"你能期待她离开吗?"

"不能,否则她就不是雪莉了。"接着理查德又说,"你觉得雪莉还爱他吗?"

"不知道,她当然是很同情亨利的。"

"亨利能承受吗?"

"不能。"劳拉骂道,"他不是能忍耐吃苦的人,根本就……拿她出气。"

"王八蛋!"

"我们应该替他难过。"

"我不是不同情他,但亨利总是虐待雪莉,这事大家都知道,你知道吗?"

"她从来不提,我当然有听到闲言闲语。"

"雪莉非常忠贞,"他说,"彻底的死心眼。"

"是的。"

沉默片刻后,劳拉突然声音嘶哑地说道:"你说得对,我应该阻止他们结婚的,她当时太年轻,没时间想清楚。是的,我错得太离谱了。"

他粗声说:"你会照顾她吧?"

"雪莉是世上我唯一在乎的人。"

他说:"瞧,她要过来了。"

两人望着雪莉穿越草坪朝他们走来。

理查德说:"她好苍白消瘦,可怜的孩子,我心爱而勇敢的孩子。"

❖

用过午饭后,雪莉陪理查德到河边散步。

"亨利睡了,我可以出来一会儿。"

"他知道我来吗?"

"我没告诉他。"

"很辛苦吗?"

"呃……相当辛苦,我说什么或做什么都无法帮他,那是最糟糕的一点。"

"你不介意我跑来这儿?"

"如果你是来……道别的话,就不介意了。"

"我就是来道别的。现在你永远不会离开亨利了?"

"是的,我永远不会离开他。"

理查德停下来拉住她的手。

"亲爱的,我只想说一件事,假若你需要,任何时候都行,只要捎一个字给我:'来',我便会从天涯海角赶过来。"

"亲爱的理查德。"

"我们就此别过了,雪莉。"

他拥住她,雪莉干枯疲累的身子一颤,再度充满活力,她狂烈而绝望地吻着他。

"我爱你,理查德,我爱你,我爱你……"

接着她喃喃低语:"再见了。不,别跟过来……"

她抽身奔回家,理查德·怀尔丁咬牙诅咒,他痛咒亨利·格林-爱德华兹,以及那个叫脊髓灰质炎的病。

❖

鲍多克先生卧床不起,更糟的是,他痛恨照顾自己的那两位护士。

劳拉的探访,是一天当中唯一令他开心的事。

值班的护士识相地离开了,鲍多克跟劳拉数落护士的不是。

他尖着假音骂道:"笨到不可收拾,'咱们今早还好吗?'我告诉她说,今早一直只有我一个人。另一个大饼脸光会咧嘴笑,跟猴儿一样。"

"鲍弟,你这样太没礼貌了吧。"

"去!护士脸皮都很厚,才不在乎呢。她们就只会摇着手指说:'淘气,淘气!'我多想把那女的丢到油锅里!"

"别太激动,对你不好。"

"亨利怎么样?还是很难侍候吗?"

"亨利简直就是一个恶魔!我很想同情他,却办不到。"

"女人哪!真是没心肝!你们对死掉的小鸟充满同情,对活在炼狱的人却铁石心肠。"

"活在炼狱的人是雪莉,他只会……拿她出气。"

"那是当然的,他也只能拿她出气,遇到困境时若无法拿老婆出气,要老婆做啥?"

"我真的很怕雪莉会崩溃。"

鲍多克不屑地说:"雪莉才不会,她非常坚强、勇敢。"

"她承受着极大的压力。"

"能想象到。唉,是她自己要嫁的。"

"她又不知道亨利会得脊髓灰质炎。"

"即使知道了,那也阻止不了她!我怎么听说有个半途杀出来的程咬金,跑来道别什么的?"

"鲍弟,你消息怎么那么灵通?"

"耳朵竖直一点就好了,如果不能从护士嘴里探到一点地方八卦,要护士干嘛?"

"是旅行家理查德·怀尔丁。"

"噢,是了,是个很不错的家伙,战前草草娶了个虚华的闹街女人,战后不得不将她休了。我想他大概深受打击——笨蛋才娶那种女人,这些理想主义者!"

"他人很好,非常好。"

"你喜欢他吗?"

"雪莉应该嫁给他才对。"

"噢,我还以为你喜欢他哩,可惜。"

"我一辈子不嫁人。"

"又胡说了。"鲍多克骂道。

❖

年轻医生表示:"你应该离开一阵子,格林-爱德华兹太太,你需要休息,出去走走。"

"我哪里走得开。"雪莉不高兴地说。

"我可警告你,你快累垮了。"格雷夫斯医生语重心长地表示,"若不小心点,会完全崩溃。"

雪莉仰头大笑:"我不会有事的。"

医生怀疑地摇头说:"格林-爱德华兹先生是个非常难缠的病人。"

"如果他能合作一点就好了。"雪莉说。

"是啊,他看什么都不顺眼。"

"你觉得我对他有不好的影响吗?我……会激怒他吗?"

"你是他的安全阀,真是太辛苦你了,格林-爱德华兹太太,相信我,你非常称职。"

"谢谢你。"

"安眠药让他继续服用,药量虽然很重,但他在闹了一天后,晚上得好好休息。记住了,别把药放在他拿得到的地方。"

雪莉惨着脸问:"你认为他会……"

"不不不,"医生忙不迭地打断她说,"他不是那种会自杀的人,我知道他有时会想不开,但都只是歇斯底里的气话。这种药的危险性在于半昏迷时,会忘记自己吃过药而又吃一次。所以请小心点。"

"我一定会的。"

雪莉和医生道别后回到亨利身边。

亨利心情正糟。

"医生说什么？一切都很顺利！病人或许有点烦人，但不必太担心！"

"噢，亨利。"雪莉跌在椅子里，"你能不能有时……稍微温柔一点？"

"对你吗？"

"是的，我累了，我好累好累，如果你有时能温柔些就好了。"

"你有什么好抱怨的，变成废物的又不是你，你好得不得了。"

"你以为我好得不得了？"雪莉问。

"医生是不是劝你离开？"

"他说我该换个环境，休息一下。"

"你打算离开对吧！到南部伯恩茅斯去玩一个星期！"

"不，我不会去的。"

"为什么？"

"我不想离开你。"

"老子才不在乎你去不去，你对我有啥屁用？"

"我好像真的一点用也没有。"雪莉淡淡地说。

亨利烦躁地扭着头。

"安眠药呢？你昨晚根本没喂我。"

"我有。"

"才没有，我醒来讨药吃，那个护士骗我说我吃过了。"

"你吃过，自己忘了。"

"你今晚要去牧师家聚会吗？"

"你若不要我去，我就不去。"雪莉说。

"噢，你最好去吧！否则每个人都会骂我自私，我跟护士说她也可以去。"

"我留在家里吧。"

"不需要，劳拉会照顾我。真好笑，我从来不喜欢劳拉，但生病后，总觉得她有股让人平静的力量。"

"是啊，劳拉向来如此，能给予你某种力量，她比我强，我似乎只会惹你生气。"

"你有时的确蛮烦的。"

"亨利……"

"嗯？"

"没事。"

她去牧师家的牌会前先进房察看，以为亨利在睡觉。雪莉含泪弯身检视，就在她转身离去时，亨利拉住她的衣袖。

"雪莉。"

"是的，亲爱的？"

"雪莉……别恨我。"

"恨你？我怎会恨你？"

他喃喃说:"你苍白消瘦……我让你累坏了,我无法克制……克制不了。我一向憎恨病痛。参战期间,我并不怕战死,但从不了解别人怎能忍受烧伤、肢残……或残废。"

"我知道,我理解……"

"我知道自己很自私,可是我会变好,我是指心地会变得更好,即使身体无法改善。我们也许还能一搏——战胜一切——如果你能耐住性子,别离开我。"

"我永远不会离开你,永远不会。"

"我爱你,雪莉……我真的爱你……真的。除了你,没有别人——将来也不会有。这几个月你是如此体贴有耐性,我知道自己非常难搞。告诉我你会原谅我。"

"没什么需要原谅呀,我爱你。"

"人就算瘫了,还是可以享受生活。"

"我们会的。"

"实在看不出要怎么做!"

雪莉颤声说:"总可以享受美食吧。"

"还有喝酒。"亨利说。

他淡淡地露出昔日的笑容。

"还可以解数学题。"

"我喜欢猜字游戏。"

他说:"我明天一定又会乱闹脾气。"

"我想也是,但我不介意了。"

"我的药呢?"

"我会拿给你。"

亨利乖乖服药。

"可怜的老缪丽尔。"他突然说。

"怎会突然想到她?"

"我想到第一次带你去她家,你穿着黄色条纹洋装。我应该更常去探望她的,可是她真的很无趣,我痛恨无聊。现在轮到我变得乏味了。"

"不,你并不乏味。"

劳拉在楼下客厅叫道:"雪莉!"

雪莉吻了一下亨利,满心欢喜地冲下楼,觉得胜利而欢愉。

劳拉在楼下大厅表示护士已经先走了。

"噢,我迟到了吗?我跑过去。"

雪莉跑下车道,回头喊道:"我已经给亨利吃过安眠药了。"

但劳拉已经回到屋里,将门关上了。

第三部
卢埃林-1956

第一章

　　卢埃林·诺克斯打开旅馆百叶窗，让清甜的夜气灌入房内。楼下是明亮的小镇灯火，再过去则是海港的灯光。

　　这是卢埃林数周以来首次感觉轻松平静，或许他能在这座岛上停顿、休息，为将来做准备。未来的前景轮廓虽有，细节却含糊未明，他已度过焦虑、空虚、倦乏的时期了。不久，应该不用太久，他就能重新出发，展开更单纯轻松的日子，过着与其他人相同的生活了。只是，他迟至四十岁才开始这么做。

　　卢埃林走回房间，房中家具极为简单，但十分洁净。他洗净手脸，拿出几件私物，然后离开寝室，步下两段阶梯，来到旅馆接待厅。柜台后的服务人员正在写东西，他抬眼客气地看了卢埃林几眼，但未表示任何兴趣或好奇，又低头工作了。

卢埃林推开旋转门，来到街上，温暖的空气飘着淡淡的湿香。

这里丝毫没有热带地区的慵懒无力，温度适宜足以让人释压。此地没有紧凑的文明节奏，人在岛上，仿佛回到古时那种自顾自地、不疾不徐慢慢做事的时代，但该做的都照应到了。这里也有贫穷、痛苦和疾病，却没有高度文明社会的紧张匆忙，以及对明日的烦忧。职业妇女冷硬的面容、严峻而巴望子女成龙成凤的母亲、商业主管不停地为竞争求胜而疲惫灰色的脸孔，以及挣扎求生，或为明日奋斗而汲汲营营、紧张倦怠的面容——这些都无法从擦肩而过的人们身上看到。大部分岛民只是客气地看他一眼，尊他为外客，然后又飘开眼神，干自己的活了。他们步履悠缓，像是在享受空气。即便要去某个地方，亦不见匆忙。今日未毕的事，明天可以再做；等候朋友时，多等一会儿无妨。

卢埃林觉得这里的人严肃而有礼；他们不常笑，并非心情不好，而是因为遇到好笑的事才笑，微笑在此地不是社交工具。

一名抱着婴儿的妇人朝他走来，发出机械而了无生气的乞讨声。卢埃林不懂她说什么,但妇人伸出的手和伴随的忧伤语气让人一目了然,卢埃林在妇人手中放了一个小铜板,妇人同样用机械的态度谢过离去。宝宝靠在妇人肩上睡着了,看起来照顾得很好,妇人虽面露倦容,却不至于枯槁。卢埃林心想,说不定她并不匮乏,只是以行乞为业罢了。她乞讨得熟稔又有礼,足以为自己和孩子挣得温饱。

卢埃林绕过街角,沿陡街往海港走去。两名并肩而行的女孩迎面高声笑着,从他身边经过,连头都不回,显然知道有四名年轻人跟在她们身后稍远的地方。

卢埃林忍不住笑了,心想,这应该就是岛上追求女孩的模式了。女孩们黝黑健美,然而青春易逝,或许再过不到十年,她们看来就会像那个倚在丈夫臂上蹒跚地上坡、体态臃肿但开朗自信的妇人了。

卢埃林继续沿通往港口的陡斜窄街走去,港边的咖啡店有宽敞露台,人们坐在露台上喝着小杯的艳色饮料。咖啡店前人来人往,大家都把卢埃林视为外来客,但并未展现太大的兴趣,岛民已经很习惯外国人了。船只进港,外国人便上岸,有时待几个小时,有时住下来,但通常不会待太久,因为旅馆很普通,岛上又无处可去。他们的眼光似乎在说,他们并不在乎外国人,因为这些外来者与岛民的生活毫无关系。

卢埃林不自觉地放慢步伐。他原本步履健捷豪迈，态度安逸从容，有如确知自己将前往某个确切的地点。

此时的卢埃林，并未打算赶赴任何地点，他只让身体随着意念动作，夹在人群里晃着。

卢埃林忆及过去数个月的无所事事，以及那温馨愉快、与四海共融的强烈感受。那种民胞物与、感其所受的感觉，几乎无可形容——没有目标、计算，远离利害，无所谓施受，不求回报的爱与友情。或许有人会说，这是一种最宽容无私，却无法长久的大爱。

卢埃林自己就常听到或诵念这句话："愿上主垂怜，庇佑我等众人。"

原来人类也能拥有上帝的情怀，只是无法久长罢了。

卢埃林突然恍悟，原来这就是上帝对他的补偿、对未来的允诺。过去十五年，甚至更久，他一直无法与人共融，特立独行地投注于福音工作。如今光环消褪，体力耗罄，他终于可以回归人群，不再需要为上帝服役，只需过自己的日子就好了。

卢埃林走到路边的咖啡馆。他挑了里边一张靠着后墙的桌子，以便观赏其他客桌、街上的行人，及人群后方的海港灯光和泊船。

侍者为他送上餐点，用温柔和悦的声音问道："你是美国人吧？"

是的,卢埃林表示,他是美国人。

侍者严肃的脸庞露出温和的笑意。

"我们这里有美国报纸,我帮你拿。"

卢埃林目送他离去。

侍者一脸骄傲地拿着两份有插画的美国杂志回来。

"谢谢。"

"不客气,先生。"

卢埃林发现,那已是两年前的旧杂志了,忍不住又开心了起来,这表示本岛与世隔绝,应该不会有人认出他吧。

卢埃林合着眼,想起过去几个月大大小小的事。

"你是……?我就说我认得你嘛……"

"噢,你就是诺克斯医生吧?"

"您是卢埃林·诺克斯吗?噢,我听到消息时,真的觉得好难过……"

"我就知道一定是你!诺克斯医生,你有什么打算?那场病太可怕了,听说你在写一本书是吗?但愿如此,有什么信息要传递给我们的吗?"

诸如此类的情节出现在船上、机场、豪华旅馆、隐秘的旅舍、餐厅里或火车上。被人指认、提问、同情、巴结——是的,那是最困难的部分,女人……以巴结的眼神崇拜他的女人。

当然还有新闻媒体了,即使现在,他仍是新闻人物。

（幸好那不会维持太久。）他要面对许多粗鲁无礼的问题：你有什么打算？现在你是什么感觉？你会不会觉得——？有信息要传达给我们吗？

信息、信息，总是要他传信息！给某某杂志读者的信息、给国人、给男男女女、给世界的信息……

但他从来没有信息要给，他是福音的传讯者，这完全是两码事，但似乎没有人能了解。

他需要的是休息——休息与时间。用时间去接纳自己的本质和该做的事；用时间整理思绪，在四十岁重新出发，过自己的人生。他得厘清卢埃林·诺克斯这个男人，在传福音的十五年间发生了什么事。

他啜饮小酒，观看人群、街灯、海港，觉得这里应该是沉淀的好地方。他要的不是沙漠的孤绝，他希望与人接触。他没有隐士或苦修者的天性，不是出家的料。他只想厘清卢埃林·诺克斯是谁、本质是什么就好了，一旦弄清楚后，便能再次迈向未来，展开生活。

或许一切都归结到康德的三个问题：

我了解什么？

我能期望什么？

我该做什么？

这几个问题，他只答得出第二项。

侍者回来站到他桌边。

"杂志不错吧?"他开心地问。

卢埃林笑了。

"是的。"

"可惜有点旧。"

"没关系。"

"是呀,一年前的好东西,现在还是很好。"侍者用平静笃定的语气说。

接着又表示:"你是搭船来的吗?圣玛格丽塔号?停在外头的那艘吗?"

侍者朝码头斜点着头。

"不是。"

"船明天十二点又要出航了,对吗?"

"也许吧,我不清楚,因为我会留下来。"

"啊,你是来玩的呀?游客都说这里很美,你要待到下一班船进港吗?留到周四?"

"也许更久,我会在这儿住一阵子。"

"啊,你在这边有事得处理!"

"没有,我在这儿没事。"

"通常人们不会在这里久住,除非有事,他们说旅馆不够好,而且又没事可干。"

"这里可以做的事应该不会比其他地方少吧?"

"对本地人来说,是的,我们在这里工作、居住,可是外地人就不一样了，虽然也有外国人在此定居，例如怀尔丁爵士，他是英国人，在本岛有一大片土地，是他舅公留下来的。爵士现在定居岛上，还写书。他是位极受尊崇的名人。"

"你是指理查德·怀尔丁爵士吗？"

侍者点点头。

"没错，他就叫这名字，这里的人认识他很多年啦，战时他没法来，但战后就回来了。他还会画画，岛上有不少画家，有个法国人住在圣塔多米雅的小屋，还有个英国人跟他老婆住在岛的另一侧，他们很穷，他的画风很怪，太太也会刻石雕像……"

他突然中断，奔向前，到角落一张预约桌边拉开收起来的椅子，对一位往桌边行去的少妇鞠躬表示欢迎。

女子对他微笑致谢，一边坐下，她并未点菜，但侍者立即自动走开。女子用手肘抵住桌面，凝望海港。

卢埃林讶异地看着这个女人。

她跟街上许多妇人一样，裹着绣有花边的绿地西班牙披肩，但卢埃林非常确信她应该是美国人或英国人。这个漂亮的金发美女在咖啡馆的客人中显得格外亮眼。她的桌子被大片红色九重葛半掩住，桌边的人一定有种从绿叶繁密的洞穴中窥探世界的感觉，尤其是那些船灯及映在港湾中的倒影。

女子定定坐着，被动地等待。不久侍者为她端来饮料，女子默默微笑致谢，捧起玻璃杯，继续望着海港，偶尔啜一口酒饮。

卢埃林发现她戴了戒指，一手是单颗的祖母绿，另一手是一堆碎钻。女子在异国风情的披肩下，穿了高领的素黑洋装。

她全然无视四周的客人，其他人也顶多瞄她一眼，不特别关注，显然她是店里的常客。

卢埃林猜想着女子的身份，因为像她这种阶层的年轻女性，没有任何陪伴地独坐此处，实在颇为异样，然而她看来却十分习以为常，或许不久就会有人过来陪她了吧。

时间流淌着，女子仍独坐桌边，偶尔点头示意，要侍者为她送上另一杯酒。

近一小时后，卢埃林准备结账离去，当他从女子椅边经过时，望了她一眼。

她似乎无视卢埃林及四周的状况，只是盯着玻璃杯，再望向大海，表情始终未变，仿佛置身他方。

卢埃林离开咖啡店，沿着回旅馆的窄路爬坡时，突然有股折回去的冲动，想跟她说话，警告她。他为什么会想到"警告"这两个字？为什么会觉得她有危险？

卢埃林甩甩头，此刻他什么也不能做，但他却十分肯定自己是对的。

❖

两个星期后,卢埃林·诺克斯仍在岛上,他的日子已形成一种模式:散步、休息、读书、再散步、睡觉。晚餐后,他会到海港边找间咖啡馆坐。不久,他便把阅读从日常作息中剔除,因为他已无书可读了。

现在他一人独居,卢埃林知道本就应该如此,但他并不孤单,他处于人群间,与众人并存,即便他从未与他们交谈。他不刻意与人接触,也不回避;他跟许多人聊天,但都仅止于客套地寒暄。人们祝他平安,他也祝众人健康,但双方都不想干涉对方的生活。

然而在疏淡宜人的友好关系中,却有一个例外。卢埃林总在猜想那女子会不会到咖啡馆,坐在九重葛下。卢埃林虽会光顾海港前的不同店家,却最常到的还是他初访的那家咖啡馆。他在这里见过那英国女子好几次,她总是深夜才到,坐在同一张桌子,卢埃林发现她会待到几乎所有人都离开为止。女子对他而言是个谜,但其他人显然都认识她。

有一天,卢埃林跟侍者谈到她。

"坐在那儿的小姐是英国人吗?"

"没错,是英国人。"

"她住岛上?"

"是的。"

"她不是每晚来吧?"

侍者正色道:"她能来的时候就来。"

后来卢埃林觉得这个回答颇诡异。

他没有探问女子的姓名。侍者若想让他知道,自然会告诉他。侍者会说:"她就是住在某地的某某小姐。"既然侍者没说,卢埃林推想必有不便之处。

卢埃林问:"她喝的是什么?"

侍者简短地答道:"白兰地。"然后便离开了。

卢埃林付过酒钱,道了晚安,穿过餐桌,在人行道上伫立片刻,然后才加入夜里的人群。

接着他突然扭身,像个坚定的美国人,大步走到红色九重葛旁的桌子,说道:"你介意我坐下来跟你聊一会儿吗?"

第二章

她的眼神极其缓慢地从海港的灯火收聚回来，然后张大眼，茫然地望了他一会儿，卢埃林感觉她努力想将飘忽的心思拉回。

卢埃林突然对她生出同情，因为女子实在非常年轻，除了年纪轻（依他判断，约莫二十三四岁），还有种未成熟的稚气，仿佛正要绽放的玫瑰花苞硬生生被冰霜冻住了。表面看似正常，但却再也无法继续成长，花苞不会枯萎，只会含苞落地。卢埃林觉得她看起来像迷途的孩子，却也非常欣赏她的美貌。女子真的很美，男人一定会想帮助、保护、疼爱她，可说是占尽各种优势。然而她却坐在这里，愣愣望着遥不可测的远方，沉浸在遗失了的幸福里。

她张大深蓝色的眼睛打量卢埃林，不甚确定地说："噢？"

卢埃林等着。

然后她微微一笑："请坐。"

卢埃林拉过椅子坐下。

她问："你是美国人吗？"

"是的。"

"是从船上下来的吗？"

他再次望向海港，码头边有艘船。码头上几乎时时有船。

"我确实是搭船来的，但不是那艘，我到这里已经一两个星期了。"

她表示："大部分的人不会待那么久。"

那是结论，而非疑问。

卢埃林招来侍者。

他点了杯香橙酒。

"我能为你点什么吗？"

"谢谢你，"她说，然后又补上一句，"他知道我要什么。"

男侍点头离开了。

两人默默坐了一会儿。

女子终于说道:"我猜你很孤单吧?这里美国人或英国人不多。"

卢埃林知道她在猜测自己为何与她攀谈。

他立即答道:"不,我并不孤单,我其实很喜欢独处。"

"噢,一个人真的很不错,对吧?"

她热情的语气令他诧异。

"我懂了,"他说,"所以你才跑来这里?"

她点点头。

"来这里独处,结果被我坏了好事?"

"不会的,"她说,"没关系,因为你是陌生人。"

"原来如此。"

"我甚至不知道你叫什么。"

"你想知道吗?"

"不想,最好别告诉我,我也不会告诉你我叫什么。"

她怀疑地又说了一句:"不过也许别人已经告诉你了,咖啡馆里每个人都认识我。"

"不,他们没提,我想他们晓得你不想让人知道。"

"他们很贴心,人都好客气,这不是硬学来的,而是本色天性。我直到来岛上,才相信发乎自内心的礼貌是如此美好——如此正向的事情。"

侍者为两人端来酒,卢埃林付了账。

他看着女子捧在手里的玻璃杯。

"白兰地吗?"

"是的,白兰地很有帮助。"

"有助于让你感觉孤独吗?"

"是的,让我觉得……自由。"

"你不自由吗?"

"有谁是自由的?"

卢埃林想了一下,女子的语气并不苦涩,而是十分的平常心,只像是在问一个简单的问题。

"你是不是觉得,人的命运是注定的?"

"不,我并不这么想,不完全是。我可以理解那种命运被安排好、只要像船只一样遵循航向、顺命而为就好的感觉。但我更像一艘突然偏离航道的船只,不知身在何处,只能任大海狂风摆布,困在迷惘中无法自拔。"她又表示:"我在胡言乱语了,大概是白兰地作祟。"

他表示同意。

"一定是白兰地的关系。酒把你带往何处?"

"噢,远离这里,就这样而已,远远离开……"

"你到底想远离什么?"

"没什么,什么都没有,怪就怪在这里。我是个什么都不缺的好命人。"她郁郁地说,"拥有一切……噢,我也有悲伤失落的时候,但与那无关。我不会缅怀过去,不耽溺往昔,我并不想回头也不想往前走,我只是想出走到某个地方。我坐在这里喝白兰地,让自己神魂出游,远远飘出海港,到某个并不存在的虚境里。就像小孩梦见飞翔一样,没有重量地轻盈飘浮着。"

她的眼神再次涣散起来,卢埃林看着她。

不久,她微微惊跳地回过神。

"对不起。"

"别勉强收神,我要走了。"卢埃林起身道,"我能偶尔过来坐下跟你聊一聊吗?你若不想被打扰,直说无妨,我能理解。"

"不会的,我喜欢你陪。晚安了,我还不想回去,因为我不是每次都能来。"

❖

约莫一周后,两人才又聚首谈话。卢埃林一坐下,女子便说:"很高兴你还没离开,我还担心你可能已经走了。"

"我还不打算走,时机还没到。"

"你离开这里后要去哪里?"

"不知道。"

"你是说,你在等命令吗?"

"也可以这么说,是的。"

她缓缓表示:"上回我们净聊我的事,都没谈到你。你为什么跑到岛上?有什么理由吗?"

"也许跟你喝白兰地的理由一样,为了逃离,我想离开人群。"

"是一般大众,还是指特定的人?"

"不是一般大众,我是指认识我,或知道我过去的人。"

"是不是……发生过什么事?"

"是的,是出过事。"

她倾身向前探问。

"你跟我一样?有事将你推离了航道吗?"

他近乎用力地摇着头说:"没有,完全没有,而是我的生活模式起了本质上的重大变化。"

"可是你刚才说人群……"

"是这样的,人们并不了解,他们替我难过,想将我拉回原状——拉回某种已经结束的状态里。"

她不解地蹙着眉。

"我不太……"

卢埃林笑道:"我以前有份工作,现在……失业了。"

"是很重要的工作吗?"

"我也不清楚。"卢埃林凝思道,"我本以为很重要,但谁知道什么叫重要呢?人不能太倚重自己的价值观,因为价值观都是相对的。"

"所以你放弃那份工作了?"

"不。"他再次展露笑容,"我被解聘了。"

"噢。"她吓了一跳,"你……介意吗?"

"噢,是的,我介意得很,任何人都会,但现在都过去了。"

她对着自己的空杯皱眉,一转头,等在一旁的侍者当即换上一杯满酒。

她喝了两口后说:"能问你一件事吗?"

"请说。"

"你认为快乐非常重要吗?"

卢埃林考虑了片刻。

"这问题很难回答,假如我说快乐非常重要但也无足轻重,那你一定会认为我疯了。"

"能说清楚些吗?"

"嗯,其实颇像性爱,性非常重要,却又无足轻重。你结婚了吗?"

他注意到她指上的细金戒。

"结过两次。"

"你爱你丈夫吗?"

卢埃林刻意用单数。她坦白答道:"以前我爱他胜过世上一切。"

"当你回顾跟他在一起的日子时,最先想到什么?你永远不会忘记的时刻?是你们第一次同床共眠,或其他事情?"

她突然笑出声,开心地说:"他的帽子。"

"帽子？"

"是呀，我们度蜜月时，帽子被风吹走了，他买了一顶当地人戴的可笑草帽，我说帽子更适合我，便拿来戴上，然后他戴上我的女生花帽，两人彼此相觑，哈哈大笑。他说，所有旅行的人都会交换帽子，接着他说：'天啊，我好爱你……'"她声音一顿，"我永远也忘不了。"

"瞧吧，"卢埃林说，"美妙的是那些彼此相属、甜蜜永恒的时刻，而不是性，然而性生活若不美满，婚姻就会完全走样。同理，食物很重要，缺了便无法存活，然而只要吃饱了，食物不需占据太多心思。快乐是一种生命粮食，能激励成长，是个良师，但快乐并非生命的目标，快乐本身也非一种圆满。"

他柔声说："你想要的是快乐吗？"

"不知道，我应该要快乐的，我拥有一切快乐的条件。"

"但你想要更多？"

"更少，"她很快地答道，"我希望生活能更简约，一切都太多了。"

她出乎意料地又说："一切都那么沉重。"

两人默坐良久。

女子终于开口："假如我能知道——至少知道自己真正想要的是什么，而不那么负面、愚昧就好了。"

"其实你知道自己要什么——你想逃开。你为何不逃?"

"逃?"

"是的,有什么原因阻止你吗?是钱吗?"

"不是钱的问题,我有钱,虽然不多,但也够用了。"

"那是什么原因?"

"那么多事情。你不会懂的。"她突然勾出一抹哀愁的浅笑,"就像契诃夫笔下的三姐妹一样,总是嚷着要去莫斯科,但终究没成行;其实她们随时都能去车站搭车到莫斯科!我也大可买张票,搭上那艘今晚出航的船。"

"你为什么不那么做?"

卢埃林看着她。

"你知道答案的吧。"她说。

卢埃林摇摇头。

"我不知道答案,我想帮你找到答案。"

"或许我就像那三姊妹,其实并不想走。"

"有可能。"

"也许逃避只是我的白日梦。"

"有可能,我们都会藉幻想来忍受眼下的日子。"

"而逃避就是我的幻想吗?"

"我不清楚,但你知道。"

"我什么也不知道,什么都不了解。我曾拥有许多机会,但我却做了错的事。当你犯了错,就得承担一切,不是吗?"

"我不知道。"

"你非得不断地重复那句话吗?"

"对不起,但那是事实,你这是要求我对一无所知的事下结论。"

"承担后果是一般性原则。"

"没有所谓一般性原则这种东西。"

"你的意思是,"她瞪着卢埃林,"没有绝对的对与错?"

"不,我不是那个意思,当然有绝对的是与非,但那已超越我们的知识与理解范畴,我们仅略懂皮毛而已。"

"但人总该知道什么是对的吧?"

"你是从既定的规范中学习是非,或进一步透过直觉去感知是非,但即便如此,仍很粗浅。执行火刑的不是虐待狂或残暴的畜生,而是那些道德狂热分子和饱学之士。去读古希腊的一些诉讼案件吧,有个男子拒绝让他的奴隶按照惯例受酷刑逼供,结果被视为藐视司法公义。美国有位激进的牧师因三岁的儿子不肯祷告,而将他殴打至死。"

"太可怕了!"

"没错,因为时间改变了我们的想法。"

"那我们能怎么办?"美丽的女子迷惘地靠向他问。

"遵循自己的方式,抱持谦卑与希望。"

"遵循自己的方式，是的，这点我明白，但我的方式……不太对。"她笑说，"就像毛衣，织着织着，发现前面一长段落掉一针。"

"那我就不懂了，"他说，"我从没织过毛衣。"

"何不给我一个选择？"

"选择向来只有一个。"

"然后呢？"

"而且那选择可能已经影响你了……我觉得你很容易受影响。"

她脸色再次一沉。

"是的，也许错就错在这儿。"

他等了一会儿，然后平静地问："究竟出了什么问题？"

"没问题。"她绝望地看着卢埃林，"我已拥有任何女人想要的一切。"

"你又开始逃避了，你不是任何女人，你是你，你已拥有自己想要的一切了吗？"

"是的，是的，是的！爱情、温柔、富贵、秀丽的环境和良伴，所有的一切，一切我会为自己选择的东西。不，问题在我。我自己有毛病。"

她挑衅地看着卢埃林。奇怪的是，当她听到卢埃林坦诚的回答时，反而感到安慰。

"噢，是的，你有问题——这很清楚。"

❖

她推开酒杯说:"我能跟你谈自己的事吗?"

"如果你想的话。"

"因为我若说了,或许能明白哪个环节出错,我想应该会有帮助。"

"是的,有可能。"

"我这辈子过得很平顺,拥有快乐的童年、和乐的家庭。我去读书,做一般人会做的事,大家都对我很好;说不定若有人对我恶劣些,反而对我比较有益。我被宠坏了吗?不,我并不这么认为。毕业返家后,我开始打网球、跳舞、认识些年轻人,思索着要做什么工作……反正都是些平凡的事。"

"听起来相当顺遂。"

"接着我恋爱、结婚了。"她的语气略变。

"然后过着幸福快乐的……"

"并没有。"她语气凝重,"我很爱他,但经常不快乐。"她又说:"所以我才会问你,快乐真的那么重要吗?"

她顿了一下,接着说:"真的很难解释,我虽然不太快乐,却又不甚在意,因为是我自己的选择与所要,我不是盲目走进婚姻的。当然,我将他理想化了,人都会这样。现在回想,有天早晨我很早醒来,大约五点左右,天亮之前。你不觉得那是个让人清醒的时刻吗?当时我看清了未来的光景,我知道自己无法真正快乐,认清了他迷人开朗的外表下,自私粗暴的本质,但也认清自己无可救药地爱上他的活力四散,我宁可不快乐地守着他,也不愿过着没有他的静好岁月。我若运气够好、够聪明,应能守住我们的婚姻。我接纳自己爱他更甚于他爱我的事实,我不该强人所难地对他多作要求。"

她停了一会儿,接着说:

"当然了,当时我并未想得这么通透,现在所说的,在当时只是一种感觉,但非常实在。我回到他身边,幻想他种种的好,其实全是自欺。我也有清醒的时刻:看清未来,想着该选择回头或继续下去。我的确曾在凛冽的清晨时分思索如此……如此可怕的事。我确实想过要逃开,但却选择了继续下去。"

他极其温柔地说:"你后悔吗?"

"不,不!"她激动地说,"我从没后悔过,我们相处的每一分钟都值得!唯一后悔的是,他已经死了。"

女子的眼神不再呆滞、不再飘忽,浑身充满热情。她从桌子对面靠向卢埃林。

"他死得太早了,"她说,"麦克白是怎么说的?'她应该晚点死。'[①] 我对他就是那种感觉,他应该晚点死。"

[①] 这句话出自莎士比亚《麦克白》(*Macbeth*) 第五幕第五场中麦克白的独白。

卢埃林摇摇头。

"人死的时候，我们都会那样认为。"

"是吗？我怎会知道，我只知道他病了，将终身残废，我知道他难以承受，痛恨自己的人生，把气出在所有人身上，尤其是我。但他并不想死，尽管处境艰困，但他并不想死，所以我才会替他感到不平。他最懂得生活了，即便只剩半条命、四分之一条命，他还是能享受人生。噢！"她激动地抬起双手，"我痛恨夺走他性命的上帝。"

女子顿住，犹疑地望着卢埃林，"我不该说我恨上帝。"

卢埃林平静地表示："恨上帝比恨人好，反正你伤不了上帝。"

"是啊，但他却能伤害你。"

"噢，你错了，亲爱的，是人类彼此伤害，并伤害自己。"

"然后把罪推到上帝头上？"

"他一向承受人类的重担，背负我们的悲恨嗔怨，以及我们的爱。"

第三章

卢埃林养成了下午散步的习惯,先从镇上一条逶迤的弯道开始慢慢往上爬,直至小镇和海湾退至脚下,在静谧的午后显得极不真实为止。这是午休时间,码头或偶尔瞥见的街道均不见喧闹缤纷的人群。山丘上唯一见得到的是赶羊的牧童,这些小男孩兀自在阳光下哼唱,或拿小石子玩游戏,让卢埃林能度过清幽美好的下午。他们很习惯看到汗流浃背、敞着衬衫领口、健行上山的外国人了,像这样的外国人不是作家就是画家,人数虽然不多,却不算罕见。由于卢埃林没带画布画架,连速写本也无,牧童们便把他归类成作家,客气地对他道午安。

卢埃林与他们打招呼，一边大步向前走。

他并没有特定的目的地，望着风景却无心观赏，他想着心事，还不甚明白或肯定，但隐约有了一些想法。

卢埃林沿小径走入蕉林。踏进绿林后，才惊觉一切目标或方向都须扬弃，因为蕉林不知止于何处，也不知何时何地才穿得出去。林子也许仅有一小片，也或许绵延数里，你若继续前行，最后总会顺着小径走出去。林子的终点是既定的，由不得他。卢埃林仅能决定自己的进程——选择折回去或继续往前行。他全然拥有充满希望的游历的自由……

不久，卢埃林突然穿出静谧的蕉林，来到荒凉的山腰。下方一条顺坡而下的羊肠小径边，有名男子坐在画架边作画。

男子背对卢埃林，只能见到黄色薄衫下壮硕的肩线，以及头上那顶破旧的宽边毡帽。

卢埃林走下小径，放慢步伐来到画家身边，兴味盎然地看画家作画。这人会在人迹显见的路径上作画，显然不会介意人看。

画作生动有力，色彩斑斓浓烈，舍细节而就块面，虽非惊世之作，却十分悦目。

画家侧头笑道："这不是我的职业，只是兴趣而已。"

此人年纪介于四五十岁，黑发渐灰，十分英俊。卢埃林注意的并非他的俊美,而是潇洒迷人的气质。男子散发出一种温和的生命力,令人一见难忘。

"太过瘾了,"画家沉思道,"将鲜丽的颜色挤到调色盘,再挥洒于画布上,真是太痛快了!有时你知道自己要尝试什么,有时并不清楚,但依然十分过瘾。"他抬眼瞄了一下,"你不是画家?"

"不是,我只是刚好留在岛上而已。"

"原来如此。"男子突然在蓝海上抹了一道玫瑰红,"有意思,"他说,"看起来很棒,跟我想的一样好!"

他将画笔放到调色盘上,叹口气,把破旧的帽子往后一推,然后微侧过身,将卢埃林看个仔细。他突然好奇地眯起眼说:"对不起,请问你是卢埃林·诺克斯医师吗?"

❖

卢埃林戒心大起,表面却不动声色,只是淡淡回道:"我就是。"

一会儿之后,卢埃林才意识到对方的机伶。

"我真是太笨了,"男子说,"你生过重病是吧?你到这里来应该是想避开人群。其实你不必担心,美国人很少来到这个岛上,而本地人除了自己的家人亲族,对外人的出生、死亡、结婚都不感兴趣。我算例外,因为我住这里。"

男子很快看了卢埃林一眼。

"你觉得很讶异吗?"

"是的。"

"为什么?"

"因为……我觉得你应该不会以居住此地为满足。"

"你说得对,当初我也不打算长住,我舅公留了一大片庄园给我,接手时简直百废待兴,后来才慢慢开始有了样子,挺有意思的。"他又表示:"我是理查德·怀尔丁。"

卢埃林知道这个名字;一位兴趣广泛、博学多闻且涉猎考古学、人类学、昆虫学等各领域的旅行家及作家。听说理查德·怀尔丁爵士对任何主题都知一二,但从不以专家自居,谦逊的态度令他更添魅力。

"我听过你的大名,"卢埃林说,"其实我读过你的几本著作,非常喜欢。"

"诺克斯医师,我也参加过你的布道会,一年半前,在奥林匹亚时参加过一场。"

卢埃林讶异地看着他。

"你好像很吃惊。"理查德嘲弄说。

"老实讲,真是吓了一跳。你为何跑去参加?"

"坦白说,我是想去踢馆的。"

"那我就不讶异了。"

"你似乎也不以为忤。"

"有什么好不高兴的?"

"你是人哪,而且你相信自己的使命——我猜是吧。"

卢埃林微微一笑。

"是的,你猜得没错。"

理查德沉默片刻后,兴奋地表示:"知道吗,在这种情况下遇见你,实在是太有趣了。自从那次布道会后,我一直渴望见到你本人。"

"那应该不难办到吧?"

"是不难,但你会觉得有义务见我!我希望能以不同的方式与你会面——让你巴不得叫我下地狱。"

卢埃林又笑了。

"现在条件都齐全了,我已经不再背负任何义务了。"

理查德热切地望着他。

"你是指你的健康还是观点?"

"这是个问题,我应该说,是职责。"

"嗯……这说法很模糊。"

对方没回答。

理查德开始收拾画具。

"我想跟你解释一下,我怎么会跑去奥林匹亚听你演说。我就实话实说了,我想你不是那种听不得实话的人。我很不喜欢那场布道所代表的涵义——至今想法依然没变。那种用扩音器、大规模传播宗教的方式,令我非常憎恶,极不舒服。"

他注意到卢埃林脸上划过一抹好笑的神色。

"你觉得这是迂腐的英国佬才会有的反应吗？"

"噢，我能接纳你的观点。"

"我说过，我是来踢馆的，被触怒是可以预期的。"

"你还相信上帝吗？"

卢埃林的问题嘲弄意味多于严肃。

"不。但我的观点基本上维持不变，我讨厌看见上帝被拿来商业操作。"

"即使在商业时代，由商人来做也不行吗？我们不是一向拿当季的水果献给上帝吗？"

"那也是一种观点，但真正冲击我的，是一件我没预料到的事——我怀疑你的真诚。"

卢埃林惊愕地看着理查德。

"我以为大家都不会有这样的疑虑。"

"现在遇见你，我相信你了，但当时并不排除只是喧闹一场——一场抚慰人心而报酬丰厚的庙会。既有政治庙会，宗教性的庙会又何妨？像你这种舌灿莲花的人，若肯登高一呼，或有人抬轿，必能功成名就。我想是有人在背后帮忙吧？"

这算半个问题。

卢埃林严肃地说："是的，我的确是登高一呼。"

"毫无保留？"

"毫无保留。"

"我最感兴趣的就是这点,在我亲自见到你、与你谈过后,我实在不懂你怎么会受得了?"

他将画具扛到肩上。

"哪天到我家吃晚饭吧?与你聊天一定很有意思,我家就在那边山顶,有绿色百叶窗的白色别墅,不过你若不愿,直说即可。"

卢埃林想了一会儿,答道:"我很愿意去。"

"太好了,今晚行吗?"

"谢谢。"

"那就九点钟见,别变卦。"

理查德大步走下山腰,卢埃林目送他一会儿,然后继续散步。

❖

"您要去怀尔丁爵士的别墅呀?"

四轮马车车夫非常好奇,他的破车漆着缤纷的花朵,马颈上戴了蓝色珠链,马儿、马车和车夫全一派轻松悠闲的模样。

"怀尔丁爵士人很好。"车夫说,"他在此地不是陌生人,算自己人啦。别墅和那片土地的主人唐·埃斯托伯年纪大了,被人骗了都不知道,他整天看书,经常有书寄到他那儿,别墅里好几个房间的书都堆到天花板了。一个人要那么多书,太夸张了吧。后来他死了,大家都在猜别墅会不会卖掉。但怀尔丁爵士来了,他小时常来岛上,因为唐·埃斯托伯的妹妹嫁给英国人,她的孩子和孙子放假时会到岛上来。唐·埃斯托伯死时将财产留给怀尔丁爵士,他一继承便立即着手整理房产,还花了不少钱。后来战争爆发,爵士离开了很多年,但他总说,假若他没死就会回到这里。之后他终于回来了,还带着新妻子回来定居,都两年了。"

"所以他结过两次婚?"

"是啊。"车夫压低嗓音说,"他第一任老婆很烂,人长得美,但老在外面偷汉子——连在岛上也不例外。爵士真不该娶她,可是他很不会挑女人——爵士太容易相信人了。"

车夫近乎辩解地又说:"男人应该懂得什么人才是可以信任的,但怀尔丁爵士就是不会。他不懂女人,我想这点他永远也学不会。"

第四章

男主人在长长的矮房中接待卢埃林,屋中的书堆至天花板,窗户敞开,大海轻柔的呢喃自远方传来,饮料便设在靠近窗边的矮桌上。

理查德开心地迎向卢埃林,并为妻子未能露面致歉。

"她偏头痛闹得厉害,我原本希望恬适平静的岛屿生活能让她的病情改善,可惜效果不佳。医生们似乎也无能为力。"

卢埃林礼貌地表示慰问。

"她过去很坎坷,"理查德表示,"远超过任何女孩所应承受,而且又相当年轻——现在仍然如此。"

卢埃林望着他的脸，柔声说："你非常爱她。"

理查德叹道："也许是为了我自己的幸福，我爱她太过了。"

"那么为了她的幸福呢？"

"世上没有任何爱能弥补她受过的苦。"他激动地说。

两名男士打从第一次见面便觉相见恨晚，两人的国籍、家世、生活方式、信仰毫无共通之处，反而因此更能无所顾忌地接纳对方。他们就像一起被放逐到孤岛，或在船筏上漂流、不知何日将尽的人，像单纯的孩童般率真地交谈。

不久他们开始用餐，食物简单而美味，卢埃林婉拒喝酒。

"你若想喝威士忌……"

卢埃林摇摇头。

"谢谢，水就行了。"

"抱歉，不喝酒是你的原则吗？"

"不是，其实我已不需遵循那种生活，没有理由禁酒了，我现在只是不习惯喝酒罢了。"

他一提到"现在"，理查德便突然感兴趣地抬起头。他欲言又止，然后开始闲扯些无关紧要的话题。理查德很能聊，话题海阔天空，他不仅游历八方，踏遍世界许多不为人知的地区，更能将所见所闻生动如实地传述。

假如你想去戈壁沙漠、费赞或撒马尔罕①,只要跟理查德·怀尔丁聊过,就等于去过一回了。

他不会说教或长篇大论,而是发乎情地描述。

卢埃林除了喜欢听理查德谈话,对他个人兴趣更高。理查德的魅力毋庸置疑,且浑然天成,他从不故意放电,只是真情流露;他才华洋溢、聪慧而不骄矜,对各种观念和风土人情充满好奇。他大可致力钻研某些特定领域,但不知为何,他从不那样选择,将来也不会,因此显得特别温暖可亲。

然而,卢埃林觉得这样还是没有解答自己的问题,一个简单到连小孩都会问的问题:"为什么我会如此喜欢这个人?"

答案不在理查德的才华,而在于他内在的某些东西。

卢埃林突然懂了,理查德虽才华洋溢,却非常稚拙,会再三犯错;理查德温暖仁慈的天性,让他经常判断失准,屡遭挫折。

他不会冷静理性地评估人事,而是宅心仁厚地相信别人,这种基于厚道而非事实的做法注定他的失败。没错,理查德的缺点让他变得可爱。卢埃林心想,他就是那种我不想伤害的人。

---

① 撒马尔罕(Samarkand),乌兹别克东部城市。

此时两人又回到图书室，坐在两张大扶手椅里。壁炉生着火，目的不在驱寒，而在营造出温暖的气氛。海浪在外头轻柔地拍打着，夜里的花香渗入屋内。

理查德坦然说道："我一向对人感兴趣，应该说，我很想知道人们的动机。听起来会很冷酷而精于分析吗？"

"由你说出来并不会，你的好奇是出于关心，而且你在乎人们感兴趣的事。"

"没错。"他顿了一下后说，"如果能帮助别人，那就是世上最有价值的事了。"

"如果可以的话。"卢埃林说。

理查德立即看着他。

"你这么说，是有疑虑啰？"

"不，我只是认为你的提议相当困难。"

"有那么困难吗？人们不都希望受到协助？"

"是的，我们都相信自己能获得神奇的帮助，让我们达成自己无力或懒于达成的事。"

理查德热切地说："同情……与信任，相信一个人的能力，往往能激发他最卓越的潜质。我一再发现，人们会对他人的信任做出回应。"

"为期多长？"

理查德顿了一下，仿佛被刺到痛处。

"你可以拉着孩子的手写字，但你终究得放手，让孩子自己去写，你的干预反而延迟他的进步。"

"你想破坏我对人性的信赖吗？"

卢埃林笑道："我是在请求你同情人性。"

"但鼓励人们竭尽其善……"

"等于逼他们活在高标准里；符合别人的期许，反倒让他们活在强大压力之下。压力太大是会压垮人的。"

"难道我们只能期待人们表现出最差的一面吗？"理查德挖苦地问。

"我们是应该正视那种可能。"

"亏你还是神职人员呢！"

卢埃林笑道："耶稣告诉彼得，鸡鸣前他会否认他三次，耶稣比彼得更清楚他性格上的弱点，但依然非常疼爱彼得。"

"不对，"理查德坚定地说，"恕我难以苟同。我第一次结婚时，"他顿了一下，然后接着说，"我前妻是……曾经是……一种的确美好的个性，结果造化弄人，走了偏锋，她只是需要爱、信赖和信任。若非战争爆发——"他停下来，"唉，反正战争中更惨的事多着呢，我离家时，她很寂寞，受到了坏的影响。"

他又顿了一下，突然说："我不怪她，都是我惯出来的，她是环境的受害者。当时我伤心透了，以为自己会一蹶不振，但时间抚愈了一切……"

他耸耸肩。

"我不知道干嘛跟你提过去的事,我宁可听你说你的生平。我从没遇过你这种人,我想知道你的'理由'与'方法'。那场布道令我印象深刻,不是因为你能煽动群众——希特勒、劳埃德·乔治[①]都办得到,我看多了。政客、宗教领袖和演员多少有这种本领,那是一种天赋。我真正感兴趣的不是你造成的结果,而是你本身。为什么这件事对你来说那么值得去做?"

卢埃林缓缓摇头。

"你在问我一件连我自己也不明白的事。"

"应该是对宗教的热情吧?"理查德说这话时有点尴尬,令卢埃林觉得好笑。

"你的意思是,对上帝的信仰?你不觉得这未免太单纯了吗?况且这并不能回答你的问题。信仰上帝会让我在安静的房里跪祷,却无法解释我为何走向公开的舞台。"

理查德迟疑地说:"我想,也许你觉得那样能广为弘道、接触更多人。"

卢埃林若有所思地看着理查德。

"看你说话的样子,你应该不信上帝吧?"

[①] 劳埃德·乔治(David Lloyd George, 1863—1945),英国首相暨自由党领袖。

"我不知道，真的不知道。其实从某个角度来说，我是信的，我想要相信……我当然相信仁慈、扶持弱小、正直、宽恕等正面价值。"

卢埃林瞅他片刻，说道："信靠上帝、单纯做个好人，确实比争取上帝的认可来得轻松。获得上帝的认同并不容易，非常艰辛而且可怕，更惊骇的是要承受得住上帝对你的重视。"

"惊讶？"

"约伯便被吓过，"卢埃林突然笑道，"那可怜的家伙根本搞不清楚状况，为什么全能的上帝在秩序井然、赏罚分明的世界里独独相中他。（为什么？我们并不清楚原因，也许是约伯比同代人具备更先进的人格特质？也许是与生俱来的感知能力？）总之，其他人继续留在赏善罚恶的体系里，唯独约伯被迫踏入新的境界。一生老实勤恳的约伯并未获得成群的牛羊，反遭遇了难以承受的痛苦，他失去信仰，众叛亲离，忍受人生的旋风。后来，大概是所谓的天将降大任于斯人，必先苦其心志吧，约伯可以听见上帝的声音了。这一切是为什么？为了他能够开始认识到上帝究竟是什么。'你们要安静，要知道我是神。'好可怕的经验。这种人神共处的最高境界为期不长，也无法长久。约伯或许曾徒劳无功地试着描述，然而'道可道，非常道'，你不可能用有限的语言去描述无限的性灵经验。为《约伯记》

做结的人也不懂到底怎么回事,只能体贴地顺应民情,弄了个符合道德的快乐结局。"

卢埃林停了一下。

"所以,你说我选择公开布道,是为了进一步弘道与接触人群,实在言过其实了。布道大会对'弘道'而言,意义并不大。何谓弘道?对人施以火刑,以解救他们的灵魂吗?也许吧。还是将女巫活活烧死,因为她们是恶魔的化身?是有这样的例子。帮助不幸者提高生活品质?现在我们会觉得那很重要。还是对抗残酷与不义?"

"你应该赞同最后一点吧?"

"我要说的是,这些问题全是人的作为,何谓善恶对错?我们是人,就得尽力找答案,因为我们得在人世间生活。然而这些都与性灵经验无关。"

"啊,"理查德说,"我明白了,原来你有过约伯的经验。究竟怎么回事?发生了什么事?你小时候就知道会……"

他打住问题,然后缓缓说:"或者,你根本不懂为什么会这样?"

"我根本不懂。"卢埃林答道。

第五章

根本不懂……理查德的问题令卢埃林忆及过往,遥远的过往。

他还是孩子的时候……

山区的清爽空气在鼻尖回荡、轮替更迭的冬寒夏暑、关系紧密的小社区,还有他那高瘦清癯、严厉到近乎苛刻的苏格兰裔父亲。父亲敬畏上帝、刚正不阿,他的生活与职业虽然单纯,却极具才智;他磊落、固执,感情丰厚却不轻易显露。黑发的母亲是威尔士人,她悦耳的声音连说家常话都有如乐声……有时到了夜里,她会用威尔士语背诵外祖父多年前为诗人大会编写的诗。她的孩子只听得懂部分威尔士语，卢埃林至今仍不懂诗文涵义，但诗的韵律仍莫名地令他渴慕。母亲不若父亲智性，却有着天生的内在智慧。

她会用一对深色眼眸慢慢扫视着聚集的子女，在长子卢埃林身上停留最久，眼神透着评估、疑惑和一种近乎忧惧的神色。

那眼神令卢埃林不安，他会担心地问："怎么了，母亲？我做错什么了吗？"

母亲会露出温暖抚慰的笑容说："没事。你真是我的好儿子。"

接着安格斯·诺克斯会突然转过头，先看看妻子，再看看儿子。

那是个快乐的童年，一个正常男孩的童年。卢埃林的童年毫无奢华可言，事实上在许多方面还颇为强硬：父母严厉、家教甚严、要做许多家事、负起照顾四个弟妹的责任、参与社区的活动、生活虔诚而封闭，但卢埃林都一一适应、接纳了。

他一直希望受教育，父亲也很鼓励他。父亲有苏格兰人对教育的崇敬，一心望子成龙，希望长子将来不只是个犁田的农夫。

"我会尽力帮你，卢埃林，可是我能力有限，大部分你得靠自己。"

卢埃林果然自食其力，在老师的鼓励下一路念完大学，放假期间到旅馆、露营区端盘子，晚上当洗碗工。

他与父亲讨论自己的未来，或当教师，或做医生，由他自己决定。他并不特别想做什么，但两者似乎都还算适性，最后他选择从医。

那些年间，难道都不曾感觉到自己的特殊使命吗？卢埃林努力回想。

这里有一些问题……是的，从今天的观点回头看，是有一些问题。一些在当时自己无法明白的事情。那是一种恐惧——这是最贴近的说法了。在日常生活的表象后面，潜藏了一股莫名的恐惧，独处时分外能感受得到，因此他只好更积极地投入社区生活。

大约就在那时，他开始注意到卡萝尔。

卢埃林从小就认识卡萝尔，两人读同一所学校，卡萝尔小他两岁，是个憨傻可爱的孩子，戴着牙套，个性害羞。两人的父母是好友，卡萝尔经常到诺克斯家玩。

卢埃林在大学最后一年回家时，对卡萝尔有了新的看法。她的牙套不见了，憨傻的模样也没了，卡萝尔蜕变成一个美丽娇艳、所有男生都想约会的年轻女子。

卢埃林从未留意女生，他太努力工作了，对男女之情毫无所知。此时，卢埃林的男性本色突然被唤醒了，他开始重视打扮，倾囊购买新领带，还赠送一盒盒糖果给卡萝尔。看到儿子终于开窍，母亲只能笑着叹气，儿子终究要投入另一个女人的怀抱了！现在谈结婚还嫌早，但如果要娶，卡萝尔会是个不错的对象。她出身良好，家教严谨，脾气温和，身体健康。比从都市来的、背景不明的陌生女孩好多了。"但还是配不上我儿子。"他母亲在心中默默地说，然后自顾自地笑了起来，觉得普天下的母亲都一个样！她犹豫地跟丈夫提起这档事。

"八字还没一撇。"安格斯说，"儿子还有事业要发展，成不成还很难说。她是个好女孩，虽然不特别聪明。"

漂亮的卡萝尔追求者众多，也很乐在其中。她有很多约会，但她摆明了最喜欢卢埃林。有时她会严肃地跟卢埃林谈论未来，虽然没表现出来，但卢埃林的暧昧态度与缺乏远大志向却令她有些失措。

"哎，卢，等取得资格，你应该有一些明确的计划了吧？"

"噢！我一定会找到工作的，有很多职缺。"

"可是现在不都应该专攻某个科别吗？"

"如果有特殊志趣的话，但我没有。"

"可是卢埃林·诺克斯，你不想往上爬吗？"

"往上爬……爬到哪里？"他笑着逗她。

"哦……抵达某个境界吧。"

"但人生不就是这样吗，卡萝尔？从这里到这里。"他用手指在沙上拉出一条线,"出生、成长、求学、工作、结婚、生子、成家、努力工作、退休、年老、死亡。从这个国度走到下一个国度。"

"你明知我不是要讲那个,小卢。我是指有个志向,彰显自己的声名、闯出一番事业、爬到顶层,让所有人以你为荣。"

"这有什么不同吗?"他心不在焉地说。

"我觉得一定会有不同!"

"我认为重要的不是最终目的,而是人生旅程要怎么走。"

"我从没听过这种胡话,难道你不想功成名就吗?"

"不知道,应该不想。"

卢埃林感觉卡萝尔突然离他好远,他变得非常孤独,且意识到自己的害怕与卑微。"别人想——但我不想。"他差点说出这句话。

"卢!卢埃林!"卡萝尔的声音从遥远的荒野隐隐传来,"怎么了?你看起来好奇怪。"

他又回神了,回到卡萝尔身上,她正用迷惑害怕的神情望着他。卢埃林对她生出一股柔情,她救了他,将他从荒凉的地方唤回来。他拉起卡萝尔的手。

"你真好。"他将她拉近,近乎害羞地吻了她,她也回吻着。

卢埃林心想："我现在就可以告诉她……我爱她……等我取得资格便与她订婚。我会请她等我。一旦娶了卡萝尔，我就安全了。"

但卢埃林没说出口，仿佛有只手压住胸口将他推回去，禁止他说出来，那种真实感让他惊慌地抽开身。

"卡萝尔，总有一天，有一天我……我得跟你谈一谈。"他说。

卡萝尔抬眼看着他，心满意足地哈哈笑了起来，她并不急着要他许诺，能保持目前的状态最好。卡萝尔很喜欢得意情场、被年轻男孩追求的滋味。将来她跟卢埃林一定会结婚的，卢埃林深情的吻让她深具把握。

至于他缺乏野心的事，卡萝尔并不担心。这个国家的女人对驭夫很有自信，负责计划并督促丈夫成就事业的是女人，子女是她们最大的武器。她和卢埃林会希望子女得到最好的，那将是卢埃林最大的动力。

卢埃林返家途中心乱如麻，刚才的经验好奇特，他脑中净是最近听到的心理演说，困惑地分析着自己。难道是对性的抗拒吗？为什么他会排斥？卢埃林边吃饭边盯着母亲，不安地想着自己是否有恋母情结。

尽管如此，卢埃林回学校前还是跑去找母亲商量。

他贸然问道："你喜欢卡萝尔吗？"

该来的总是要来，母亲难过地想，却只是平静地说：

"她是个好女孩,你父亲和我都很喜欢她。"

"我本来想告诉她,就在几天前……"

"说你爱她?"

"是的,我想请她等我。"

"她若爱你,就不需要求她。"

"可是我开不了口,我就是说不出来。"

她笑了笑,"别烦恼,这种时候,男人多半会舌头打结。当年你父亲坐在那儿日复一日地瞪着我,仿佛很恨我,而非爱我,他连句'你好吗?''今天天气真好'都挤不出来。"

卢埃林郁郁地说:"不单是那样,好像有只手把我推开了,仿佛我受到了……禁制。"

她感受到他烦忧的急促和力道,缓缓地说:"也许她不是你的真命天女,噢——"她打断儿子的抗议,"年轻时血气方刚,真的很难想得清楚,不过你心底,或是本能,会分辨什么是该与不该,何谓冲动,何谓真实。"

"心底某处……"卢埃林思忖着。

他突然急切地望着母亲说:"我并不了解——我完全不了解自己。"

◆

返校后,卢埃林用工作和朋友填满每一刻钟,心中恐惧散去,重拾自信。他研读深奥的青少年性行为理论并自我解析，且深感满意。

卢埃林以优异的成绩毕业，更添自信。回家时他已下定决心，未来也都有了明晰的规划。他打算跟卡萝尔求婚，并一起讨论取得医师资格后的各种可能。想到拥有明确的未来，卢埃林便觉得块垒尽释。他会找份适合自己又能发挥所长的工作，跟心爱的女孩共立家业，生育下一代。

卢埃林回家后，积极参与所有的地方庆宴，他在人群中走动，但总与卡萝尔两两成双，大家也视他们为一对。他鲜少独自一人，只有夜里上床就寝时常梦见卡萝尔。那是些情色的梦，他也乐在其中。一切都很正常，一切都很顺利，一切都是该有的样子。

卢埃林是如此胸有成竹，因此某天父亲对他说出这番话时，他错愕极了。

"你哪里不对劲了，孩子？"

"不对劲？"卢埃林瞅着父亲。

"你不像你了。"

"哪有！我从没感觉这么好过！"

"也许是心理有病。"

卢埃林瞪着父亲，这位憔悴、冷漠的老人，张着深邃炯亮的眼睛，缓缓点头说："男人有的时候需要独处。"

他没再多说，转头离开，莫名的恐惧再次袭上卢埃林心头。他不想一个人——这是他最不希望的事。他没办法，他绝对不能独处。

三天后,他跑去对父亲说:"我想自己一个人去山里露营。"

安格斯点点头,"好。"

他用讳莫如深的眼神,理解地看着儿子。

卢埃林心想:"我一定从他身上遗传到某种他知道,而我却还不明白的东西。"

❖

卢埃林在沙漠中独自待了将近三个星期,有了一些奇异的转变。他从一开始便很能接受独处,实在不解自己何以一直抗拒。

刚开始,卢埃林一心想着自己和卡萝尔的未来,一切都显得如此明确而合理,但不久,卢埃林便发现自己开始以第三者的身份,从外界而非参与者的角度去观照自己的人生。因为他所规划安排的尚无一成真,纯属连续性的逻辑推测,实际上并不存在。他爱卡萝尔,也渴望她,但并不会娶她,他还有别的事要做,只是仍不清楚是什么。认清这项事实后,卢埃林便迈入另一个阶段了——一个只能以空无来形容的阶段。他什么都不是,心中一片虚净,他不再害怕,在接纳自己的无知后,卢埃林已排除恐惧。

他在这段期间内,几乎不吃不喝。

有时甚至恍神。

仿佛前方有片海市蜃楼，看得见景象与人影。

有一两回，卢埃林清晰地看见一名女子的面容，撩起他无边的欲火。那清瘦骨感、秀美无方的脸蛋，有着凹深的太阳穴和从其边隙飘出的黑发，以及深邃而近乎忧伤的眼眸。有一回，他看见女子身后有片火海，另一回隐约见到像教堂的轮廓。这回他突然发现她只是个孩子。每次他都能感受到她的痛苦，卢埃林心想："我若能帮她就好了……"但又知道不可能，也不该有这种想法。

另一次他幻见一张浅色的木制大办公桌，桌后有位颚骨坚实、蓝眼细小、精明机敏的男子，男人向前倾身，拿着一把小尺比划着，作势发言。

后来卢埃林又瞥见房间的怪异角落，那儿有扇窗户，窗外隐现的松树上堆着积雪，有张脸横在他与窗户之间，向他俯望。那是张粉红色的圆脸，一个戴着眼镜的男人，然而卢埃林还来不及细看，男子就消失了。

卢埃林觉得这些影像全是幻觉，根本不具意义，而且净是些他不认识的脸孔和环境。

不久，卢埃林便不再看到影像，也不再那般空无与不知所从了，它凝聚成一种对意义及目标的追寻，他将这感觉摆在心底，不再徘徊其间。

卢埃林终于明白，原来他在等待。

❖

沙尘暴突然来袭,是那种毫无预警的沙漠山区风暴,但见团团红沙如活物般高啸着旋扫而至,然后又戛然消逝。

风暴过后,一片死寂。

所有野营工具全被狂风卷走了,卢埃林的帐篷被吹下山谷,一无所有的他只身孤立在突然安静下来、仿佛新境的世间中。

他知道等待已久的事即将发生,他再度害怕起来,却已不再抗拒。这次他准备去接纳,他虚空下来的心灵,准备接受神的降临。恐惧,是因为了解到自己的渺小卑微。

他很难跟理查德解释接下来发生的事。

"因为没有任何言语可以形容,但我很清楚那是什么——那就是承认上帝的存在。比较贴切的说法是,就像一个仅能从书上认识太阳、用手感觉阳光温度的盲人,突然张开眼睛看见太阳一样。

"我一直相信上帝,但现在我知道他真的存在。那是一种直接的个人感知,无可形容,也是人所能遇上的最可怕经验。我终于明白,为何上帝在接近人时,必须将自己化为人形。

"历经那次仅维持几秒的经验后,我便打道回府了。我花了两三天才回到家里,疲累至极地晃进家门。"

他沉默了一会儿。

"我母亲担心死了,完全无法理解出了什么事!我父亲大概有些概念,至少他知道我有了重大的体悟。我告诉母亲,我看到自己无法解释的幻象,她表示:'你爸爸的家族有预视能力,他奶奶有,还有一位姑姑也是。'

"经过几天的休养,我又恢复了活力。别人讨论我的未来时,我便默不作声,我知道自己的命运已有安排,我只需接受——我也已经接受了——但至于自己接受了什么,还不清楚。

"一个星期后,邻近有个大型祈祷会,有点像你们所说的信仰复兴运动团,我母亲想去,我父亲虽然没太大兴趣,但也愿意参加,我就陪他们去了。"

卢埃林看着理查德,笑了。

"你对这种事不会有兴趣的,既粗俗又煽情。未能感动我,我有点失望。很多人站起来做见证,接着,我收到清楚而明晰的指令了。

"我站起来,大家纷纷转头看我。

"我并不知道自己会说什么,我没有多想或分析自己的信念,那些话就在我脑海里,有时它们跑在我前面,我只得加快说话速度才赶得上,在话语消失前将它们说出来。我无法对你形容那种感觉,如果我说,那就像火焰和蜂蜜,你能明白吗?火焰烧灼我,但却有着蜂蜜的甜美,一种服从的甘美。作为上帝的信差,真是一种可怕又美好的经验。"

"就像高举旗帜的军队一样可怕。"理查德喃喃说。

"没错,赞美诗的作者很清楚自己在写什么。"

"那……后来呢?"

卢埃林摊开手。

"筋疲力尽,彻底地筋疲力尽。我大概讲了四十五分钟吧,回家后我坐在火炉边发抖,累到连手都抬不起来,无力说话。我妈了解地说:'就像你爸去参加诗人大会后的样子。'她喂我热汤,并在我床上放了热水袋。"

理查德喃喃说:"你该有的遗传都有了,苏格兰人的神秘特质、威尔士人的诗情与创意,还有好听的嗓音。这真是极富创意的故事:恐惧、挫折、空虚,然后是突来的神能,以及事后的疲乏。"

他沉默了一会儿后问道:"没有后续的故事了吗?"

"其实没有那么多可说的。第二天我去找卡萝尔,告诉她我终究无法成为医生,我要去传道。我跟她说,我本希望娶她,但现在已放弃了。她不解地说:'医生也能传道呀。'我表示这与行善无关,而是我必须服从的旨意,卡萝尔斥为胡说,我当然可以结婚,因为我又不是罗马天主教徒。我说:'我整个人及一切所有,都归属上帝。'她当然无法明白——她怎有办法理解?可怜的孩子,那根本超乎她所能领略的范畴。回家后我告诉母亲,请她善待卡萝尔,并祈求母亲谅解。她说：'我很能理解，你将一无所有，孑然一身。'接着她哭着说：'我知道——我一向知道——这里面有些问题。你跟别人不一样，唉，但对做妻子与母亲的人来说，实在太辛苦了。'

"她说：'如果我把你让给媳妇，人生本就应该如此，那么我还有孙子可抱，可是走上这条路，你便要彻底离开我了。'

"我安慰母亲不会那样，但我们都知道它正是如此。亲情的牵系都得搁下了。"

理查德不安地挪着身子。

"请原谅我，我无法认同那种生活方式。人的情感、悲悯、博爱……"

"但我所谈的并不是一种生活方式，而是一个获上帝遴选的人，他比他的同胞特别，却也更渺小，这点是他不能片刻忘记的，他必须牢记自己比他人更卑微。"

"那我就不明白了。"

卢埃林像自言自语地轻声说："危险就危险在这儿——你迟早会忘记。现在我明白了，上帝就在那关键时刻对我展现慈悲，及时拯救了我。"

第六章

卢埃林最后一番话令理查德不解。

他尴尬地说:"谢谢你将一切告诉我,请相信我无意打探隐私。"

"我知道,你对别人是诚挚的关切。"

"而你又是位非常特别的人,我读过各种描述你布道的杂志,但吸引我的不是那些详细的事实细节。"

卢埃林点点头,心思还挂在过去。他想起那天搭电梯直奔摩天楼三十五楼的情形。接待室一位接待他的优雅金发美女将他交给一位宽肩健硕的青年,由青年带他去最后一站:大金主的私人办公室。大型办公桌白亮的桌面,以及从桌后起身、伸手表示热诚欢迎的男人，就跟那天在沙漠中所见一样：方脸宽颊，蓝眼窄小精锐。

"……很高兴认识您，诺克斯先生。依我个人浅见，国人回归上帝的时机已臻成熟……应大力推广……为达成效，我们应投下资金……我曾听过您两场布道会……我当然深受感染……您真是字字铿锵、掷地有声……太棒……太精彩了！"

上帝结合无限的商机，感觉会不会不搭？有何不可？假如对商机的敏感度是上帝赋予人类的才能，何不善加利用、为上帝服务？

他，卢埃林，毫不迟疑这个房间以及这位他已预见过的男人，是上帝安排的一环，是他注定会遇上的。此人是出于单纯的信仰，或只是为了掌握商机，拿上帝当摇钱树？

卢埃林从来不清楚，亦不费心臆断。这是上天的安排，他只是上帝的使者，一个奉行上帝旨意的人。

十五年了……从最初的小型户外聚会、演讲厅、大厅，到大型体育馆。

人山人海，模糊的群众脸孔，远远地一排排紧簇着，等待、渴望……

而他呢？则永远一样。

浑身发寒、恐惧地畏缩着，空虚地等待。

然后卢埃林·诺克斯医师站起来，接着……脑中传来话语，从唇间流泻而出……那不是他的话语，从来都不是，但荣耀与演说时的狂喜却属于他。

（危险当然就在这里了，奇怪的是，为何他到此时才明白。）

接着是随之而来的，女人的献媚、男人的巴结，身体的虚脱与反胃，以及群众的盛情、奉承和歇斯底里。

卢埃林尽可能地回应群众，此时他已不再是上帝的使者，只是个凡人，只是个与那些崇拜者所期许的相去甚远的凡夫。因为他所有的尊严与美德已枯竭耗尽，成了一个又病又累、绝望而空虚的人。

"可怜的诺克斯医师，"人们说，"他看起来好累。"

疲倦愈演愈烈……

他原本身强体壮，仍不足以撑过十五个年头。恶心、头昏、心悸、呼吸困难、昏厥——简单说，就是体力透支。

于是卢埃林跑到山区疗养院定定躺着，望着窗外刺破天际的松影，接着一张粉红色的圆脸俯向他，厚重的眼镜后那双猫头鹰似的眼睛严肃地看着他。

"这需要一点时间；你得当一阵子病人。"

"怎么了吗，医生？"

"幸好你身体底子不错，不过透支太厉害了，心脏、肺等等——你体内的所有脏器都受到感染了。"

"你是说,我快死了吗?"他略感好奇地问道。

"当然不是,我们会帮助你康复。虽然时间久一点,但你会健健康康地出院,只是……"医生迟疑着。

"只是什么?"

"请你务必了解一点,诺克斯医生,将来你得过平静日子,不能再公开演说了。你的心脏承受不了,不能上台、不能使劲、不能演说。"

"可是休养过后……"

"不行,诺克斯医生,无论你休息多久,我的诊断依然不变。"

"我明白了。"卢埃林想了一会儿,"我懂了,身体坏了是吧?"

"没错。"

灯枯油尽了,供上帝使用的肉身太脆弱,无法持久。他已被榨干,弃置不用了。

接下来呢?

那正是问题所在。下一步是什么?

他得仔细想想,卢埃林·诺克斯究竟是谁?

他必须找到答案。

❖

理查德的声音打断卢埃林的思绪。

"能请教你对未来有何打算吗?"

"没有打算。"

"真的？也许你会希望回……"

卢埃林声音嘶哑地打断他："已经不能回头了。"

"办温和一点的活动呢？"

"不行就是不行。非这样不可。"

"是他们跟你说的吗？"

"他们没讲那么多，只强调不能再做公开活动、上舞台，意思就是结束了。"

"到某处过清幽的日子呢？我的意思是，到某个教堂当牧师。"

"我是传福音的使者，理查德爵士，跟当牧师是两码事。"

"对不起，我明白了，你得展开全新的生活。"

"是的，跟一般男人一样的私生活。"

"会觉得困惑难安吗？"

卢埃林摇摇头。

"不会，在岛上的这几周里，我悟出自己其实避开了一场灾祸。"

"什么灾祸？"

"人不能掌权，因为权力会使人彻底腐化。我还能顽抗多久，不受一丁点污染？我怀疑自己已经受影响了，当我对广大的群众演说时，我会开始以为说话的人是我，是我在传递信息,我知道他们该做或不该做什么,我不再只是上帝的使者,而是上帝的代表。你瞧,我已自视在万人之上了!"他沉静地说,"仁慈的上帝适时解救我免于凶险。"

"所以,你的遭遇并未令你失去信仰?"

卢埃林大笑。

"信仰?我觉得这两个字很奇怪。我们相信太阳、月亮、所坐的椅子和脚下的大地吗?如果有了知识,何需信仰?请不要以为我蒙受不幸,我并没有,我追寻上帝安排的道路——且仍在遵循。我来到这岛上,是做我该做的事;等时机到了,我自然会离开。"

"你是说,你会接收到另一个……你是怎么说的?另一道指令吗?"

"噢,不,不是像指令那般清楚,而是一点一滴累聚成无可避免的答案,然后我便会采取行动。事情会在我脑中沉淀厘清,到时我自然会知道该去哪里、该做什么了。"

"就这么简单?"

"是的。若要解释的话,就是让身心和谐。错误的行动,我指的不是为非作歹的错,而是犯了错误,我会立即察觉不对劲;仿佛跳舞踩错舞步,或唱走音,感觉很突兀。"卢埃林突然想起了什么,说道:"假如我是女人,我大概会说,感觉就像针织时落掉一针。"

"那么女人呢?你有可能回家寻找初恋情人吗?"

"然后来个感人的大团圆?不太可能。"他笑道,"何况,卡萝尔已经结婚很多年了,人家生了三个孩子,她先生的房地产生意做得有声有色,卡萝尔和我从来不适合,只是少男少女的青涩恋情罢了。"

"难道这些年都没有其他女人吗?"

"没有,感谢上帝,若是在当时遇见她……"

卢埃林话没说完,听得理查德一头雾水。理查德压根不知卢埃林心中跳出了一幅画面:飘动的黑发、细致的颧骨、悲伤的眼神。

卢埃林知道自己总有一天会遇见她,她跟幻象中的办公桌、体育馆一样确有其实。倘若他在布道期间遇到她,就得被迫放弃她了,但他办得到吗?卢埃林很怀疑。他的黑发女子不如卡萝尔活泼开朗,也不是年轻男子冀求的对象。当时他身不由己,但现在自由了,等他们相遇时……他知道他们一定会相遇,至于何种情况、何时何地,则完全未知。卢埃林仅有的线索是教堂里的洗礼石盆和火焰,然而他觉得自己就快遇见她了。

书架之间的门扉猛然打开,两人吓了一跳。理查德转过头,讶异地站起来。

"亲爱的,你怎么会……"

她没裹着西班牙披肩,没穿高领黑衣,身上是件飘逸的半透明淡紫红衣裳,也许是颜色的关系,卢埃林觉得她身上飘着薰衣草香。女子看见卢埃林时,停了下来,张着水汪汪的眼睛望着他,表情冷到令人惊诧。

"亲爱的,头痛好些了吗?这位是诺克斯医师。这是我太太。"

卢埃林走向前,拉起她垂软的手,正式而客气地说:"很高兴认识你,怀尔丁夫人。"

瞪大的眼眸中注入情感,松柔下来。她坐到理查德帮她推来的椅上,开始快速地连声说:"原来你就是诺克斯医生?我看过你的报导,你怎会到岛上来?为什么?我的意思是,你来这里的理由是什么?通常不太有人会来的,对吧,理查德?"她半侧过脸,一边前言不搭后语地说着:"我是说,外地人不会在岛上久留,他们搭船来了又走。我常想他们会去哪里。他们在岛上买水果、无聊的小玩偶及本地草帽,然后带着土产上船开航。他们要回哪里?曼彻斯特?利物浦?或许是奇切斯特吧。戴着草帽去教堂做礼拜一定很好笑。事情本来就好笑,人们会说:'我不知道我是要离开,还是要来。'以前我的老奶妈就常这么说。这是事实,不是吗?这就是人生,人究竟是要走还是要来?我不知道。"

她摇摇头,突然哈哈大笑,在椅上晃了一下。卢埃林心想:"她再一会儿就要醉倒了,不晓得理查德知道吗?"

卢埃林很快偷瞄理查德一眼,看来这位饱览世界的男子完全被蒙在鼓里。理查德靠向妻子,脸上尽是爱与忧心。

"亲爱的,你在发烧,你不该起来的。"

"我觉得好些了,我吃过药了,药虽然能止痛,却让我很困。"她心虚地轻笑一声,将额上淡金色的头发拨到后头。"别替我担心,理查德,帮诺克斯医师弄杯酒吧。"

"你呢?要不要来点白兰地?对你有好处。"

她皱着脸说:"不用了,我喝莱姆加苏打水就好。"

理查德将杯子递给妻子,她微笑致谢。

"喝点酒死不了的。"理查德说。

她的笑容僵了一下,然后说道:"谁知道?"

"我知道。诺克斯,你呢?要不含酒精的?还是威士忌?"

"可以的话,给我白兰地加苏打水。"

她盯住手上的玻璃杯,突然说道:"我们可以离开。我们能离开吗,理查德?"

"离开别墅?离开这座岛吗?"

"正是那个意思。"

理查德为自己倒了杯威士忌,然后走回来站到妻子椅后。

"亲爱的,你想去哪儿,我们就去哪儿,随时都能走,想要的话,今晚就走。"

她悠悠地叹口长气。

"你实在……对我太好了,我怎会想离开这儿。你怎能走得开?你有大片土地要管理,而且好不容易有了进展。"

"话虽没错,但那不重要,以你为重。"

"我想自己离开一下。"

"不,咱们一起走,我希望你觉得受到照顾,随时有人相陪。"

"你以为我需要监护人吗?"她开始有些失控地大笑起来,然后又突然用手捂住嘴。

理查德说:"我希望你觉得……我永远陪着你。"

"噢,我的确感受到了,真的。"

"你想要的话,咱们去意大利或英格兰都行。也许你想家了?想回英国?"

"不,"她说,"我们哪儿都不去,就留在这里。我们去哪里都一样,永远都一样。"

她在椅中一颓,郁郁地望着前方,然后猛然抬眼,回头看着忧心忡忡的理查德。

"亲爱的理查德,"她说,"你对我真好,总是那么有耐心。"

他轻声说:"只要你能明白,对我来说,除了你,什么都不重要。"

"我明白……噢,我真的明白。"

他继续说道:"我希望你在这里能开心,但我知道这边……没什么娱乐。"

"有诺克斯医生呀。"她说。

她歪头对客人露出开心顽皮的笑容。卢埃林心想:"她以前一定是位快乐迷人的女孩。"

接着她说:"而且你曾说过,这座岛和别墅与人间天堂无异,我也相信你了,这里真的是人间天堂。"

"啊!"

"但我实在承受不了。"她说话又开始颠三倒四的,"诺克斯,你不觉得性格不够刚强的人住不了天堂吗?就像古时候的部落一样,强者头戴王冠,坐在树下——我一向都觉得王冠非常沉重。圣歌里是这么唱的吧?在平静的海洋前,卸下他们的王冠。或许是因为王冠太重,上帝才叫他们摘下来的吧,一直戴着好沉重哪。拥有太多也是一种灾祸,不是吗?我想……"她站起来,踉跄了一下,"我想,也许我该回床休息了。你说得对,理查德,我大概发烧了,但王冠好沉重啊,住在这里就像美梦成真,只不过我已不再做梦,我应该到别处去,却又不知去往何方。如果……"

她身子突然一软,伺机等候的卢埃林及时托住她,交给理查德。

"最好送她回床上。"他建议道。

"是的,没错,然后我再去打电话叫医生。"

"她睡一觉就没事了。"卢埃林说。

理查德狐疑地看着他。

卢埃林说:"我来帮你。"

两名男士抬着昏迷不醒的女子从门口出去,穿过短廊,来到一间开着门的卧室。两人轻轻将她放到铺着黑色锦缎的木雕大床上,理查德到外边走廊喊道:"玛丽亚……玛丽亚!"

卢埃林火速环视房间。

他穿过掩帘的凹室,进入浴间察看里头的玻璃柜,然后走回寝室。

理查德再次不耐烦地呼唤:"玛丽亚!"

卢埃林走到化妆台边。

一会儿后,理查德进入房里,后面跟了一位矮小黑肤的女人。玛丽亚冲到床边惊呼一声,弯身看着斜躺的女主人。

理查德吩咐:"好好照顾夫人,我去打电话叫医生。"

"不必了,先生,我知道怎么处理,明早夫人就没事了。"

理查德摇摇头,不甚情愿地离开寝室。

卢埃林跟过去,却在门口停下来问道:"她放在哪里?"

玛丽亚看着他,眨眨眼。

接着,她不由自主地将眼神转往卢埃林后方的墙面,卢埃林转身看到一幅挂画,是柯罗①式的风景画。卢埃林将画从钩子上掀开,画后有个女人用来存放珠宝的旧型嵌式保险箱,现在已不太能防盗了。锁上插着钥匙,卢埃林轻轻打开保险箱,往里头看了一下,点点头,再度关上。他充分谅解地与玛丽亚对望一眼。

卢埃林走出房间,来到刚放下电话听筒的理查德身边。

"医师出去帮人接生了。"

卢埃林小心翼翼地说道:"我想,玛丽亚会处理,她以前应该见过尊夫人这种情形。"

"是……是的……也许你说得对,玛丽亚对夫人非常忠心。"

"看得出来。"

"大家都很爱她,她会让人想爱、想保护。这里的人对美女很好,尤其是忧愁的佳人。"

"但他们比英国人务实。"

"也许吧。"

"他们不会逃避现实。"

"英国人会吗?"

"经常会。尊夫人的寝室很漂亮,你知道最令我印象深刻的是什么吗?房中闻不到许多女士喜爱的香水味,只有

---

① 柯罗(Jean-Baptiste Camille Corot,1796—1875),法国巴比松派画家。

薰衣草和古龙水香。"

理查德点头道："我知道,我一闻到薰衣草便会想到雪莉,仿佛回到童年,闻着母亲衣柜里的薰衣草香,想到细致的白床单,和她做好放在那里的薰衣草袋。那袋子透着春日的纯净香气,充满了乡村风情。"

理查德叹口气,抬起头,发现卢埃林正用他无法理解的表情望着他。

"我得走了。"卢埃林伸出手说。

第七章

"你还来这儿呀?"

卢埃林等侍者离开后问。

怀尔丁夫人沉默片刻,今晚她并未望着外头的港湾,只是垂眼看着杯中的澄金液体。

"是柳橙汁。"她说。

"我懂了,你在表态。"

"是的,这样有助于表态。"

"噢,当然。"

她说:"你跟他说过你曾在这里见到我吗?"

"没有。"

"为何不说?"

"说了会让他难过,也让你难过。而且他又没问我。"

"他当时若问你,你会告诉他吗?"

"会。"

"为什么?"

"因为愈坦然面对问题愈好。"

她叹口气。

"真不知你到底懂不懂。"

"我不知道。"

"我不忍伤害他,你明白他人有多好、多么相信我、一心只顾着我吗?"

"是的,这些我都明白,他希望帮你远离所有的悲伤与罪恶。"

"但那样太过了。"

"是的,是太过了。"

"让人陷在某种无法自拔的情境,只能日复一日地佯装、自欺,最后疲乏得想大吼:'别再爱我,别再照顾我、担心我,别再那么地关心我而小心翼翼了。'"她握紧双手,"我希望跟理查德过快乐的日子,我真的很想!为何我办不到?为什么我会感到如此厌烦?"

"求你们给我葡萄干增补我力、给我苹果畅快我心,因我思爱成病。"①

"是的，正是那样。是我，都是我的错。"

"你为何嫁给他？"

"噢，那个呀！"她张大眼睛，"很简单，我爱上他了。"

"原来如此。"

"我想我是一时糊涂，他风度翩然又魅力四射，你懂吗？"

"是的，我懂。"

"而且又十足浪漫，一位从小就认识我的伯伯曾警告我说：'跟理查德谈恋爱可以，但别嫁给他。'伯伯说得对。我当时很不快乐，结果遇见理查德，我便……开始做白日梦，梦想爱情、理查德、一座岛屿及月光。做梦对我是种纾解，且不伤害任何人。现在我的梦圆了，但我却不是梦里的我，只是一个曾经有梦的人罢了。那很糟糕。"

她隔着桌子，直视卢埃林的眼睛。

"我能成为梦里的我吗？我很想那么做。"

"若不是真正的你，就没办法了。"

"我可以离开。可是要上哪儿？我不能回到过去，因为过去已不复存在。我得重新开始，却不知道从何处着手。

————

① 摘自《圣经·旧约·雅歌》第二章第五节。

反正我不能伤害理查德，他已受过太多伤了。"

"是吗？"

"是啊，他娶的那个女人简直太恶劣了，她很美，也挺和气，但简直道德涂地。理查德却不那样看她。"

"他不会那么做。"

"而且她让他失望透顶，理查德难过极了，他责怪自己，认为自己对不起她。他不怨那女的，只是同情她而已。"

"他同情心太强了。"

"那样不好吗？"

"不好，会让人看不清事实。"

卢埃林又说："何况那是种侮辱。"

"你说什么？"

"就像伪善者在祷词中所影射的：'上帝，谢谢您没让我变成这个人。'"

"难道你不曾同情过谁吗？"

"当然会，我是人哪，但我很忌讳这种事。"

"同情能有什么害处？"

"同情会凝聚成行动。"

"那样有错吗？"

"那样可能造成灾祸。"

"对你吗？"

"不，不是对我，而是对另一个人。"

"你若同情一个人，该怎么办？"

"别管他们，把他们交到上帝手中就好了。"

"听起来好冷酷无情。"

"总不会比滥施同情危险吧。"

她靠向卢埃林问。

"告诉我，你同情我吗？"

"我尽量不同情你。"

"为什么？"

"免得害您自怜自艾。"

"你觉得我在自怜吗？"

"你有吗？"

"没有，"她缓缓说道，"不算有，我把事情都……混在一块儿了，一定是我自己的错。"

"通常都是，但你的状况也许不是。"

"请告诉我——你那么有智慧，到处传播福音——我该怎么做？"

"你知道答案的。"

她看着卢埃林，然后出乎意料地大笑起来，笑声开朗愉快。

"是的，"她说，"我知道，而且十分明白，我得奋斗。"

第四部
一如初始-1956

第一章

卢埃林抬头看了大楼一眼，才走进去。

大楼跟它所处的街道一样单调，伦敦的这个地区仍处处可见战后残垣，令人心酸。卢埃林心情已经够沮丧了，他是来办一件伤心事的。他并不特别害怕，因为他知道，等委婉地把事情交办完后，他会大松口气。

卢埃林叹口气，挺起肩背，爬了一道短阶，穿过一道推门。

大楼内十分繁忙，却井然有序，快捷稳健的脚步在各个走廊上穿梭，一个穿深蓝制服的年轻女子在他身边停住。

"我能为您服务吗？"

"我想见富兰克林小姐。"

"很抱歉,富兰克林小姐今早无法见任何人,我可以带您去秘书办公室。"

卢埃林温和地坚持要见富兰克林小姐。

"这件事很重要,"他又说,"麻烦你把这封信给她。"

年轻女子带他到等候室,然后匆匆离开。五分钟后,一位面容和善、态度热情的胖妇人走过来。

"我是富兰克林小姐的秘书,哈里森。麻烦您多等几分钟,富兰克林小姐正在陪一名动完手术、麻醉刚醒的孩子。"

卢埃林谢过之后开始提问,哈里森立即兴奋地谈起沃利启智儿童基金会。

"这是个很有历史的基金会,可回溯到一八四〇年:我们的创始人纳撒尼尔·沃利是位磨坊厂主。"她继续说,"可惜,资金匮乏,投资收入锐减……开销增加……实在是管理不善,不过自从富兰克林小姐接手后……"

她表情一亮,说话速度跟着变快。

富兰克林小姐显然是哈里森天堂里的太阳,富兰克林小姐除弊兴利,大肆整顿,力抗上层,终于获胜,现在当家作主,管理得有声有色。卢埃林心想,为什么女人对其他女人的崇拜听起来总是这么的直白,他怀疑自己不会喜欢这位干练的富兰克林小姐,感觉上像女王蜂,其他女人绕着她转，以彰显她的权势。

卢埃林终于被带往楼上了，哈里森敲敲走廊边的门，让到一旁，示意卢埃林走进富兰克林小姐神圣不可侵的私人办公室。

她坐在办公桌后，看起来柔弱且非常疲倦。

卢埃林惊愕地看着她站起来走向自己。

他低声喃喃说道："是你……"

她不解地微蹙着眉，那对他熟悉的弯眉，那是同一张脸：苍白、秀丽、悲伤的嘴、独特的黑眼，以及从太阳穴旁像翅膀般冒出来的发茎。卢埃林觉得她的表情好悲伤，然而她那张落落大方的嘴却适合欢笑，那张严肃傲然的脸或许能被温柔融化。

她轻声说："卢埃林医生吗？我妹夫写信告诉我说你会来，你人真好。"

"你妹妹的死，必然令你深感震惊。"

"是的，她还好年轻。"

她的声音哽咽一下，随即恢复镇定。卢埃林心想："她好自律。"

她的衣着颇有修女的味道，一身素黑，仅领口带点白。

她沉静表示："真希望死的人是我，不是她，但生者或许都会这么想吧。"

"未必，只有当你非常关爱一个人，或生命苦到难以承受时,才会这么想。"

那对黑眼微瞠着,困惑地望着他说:"你真的就是卢埃林·诺克斯吗?"

"是的,现在我自称是默里·卢埃林医生了,省去别人不断的安慰,也让大家免于尴尬。"

"我在报上见过你的照片,但我想我应该认不出你。"

"是啊,现在大部分人都不认得我了,报上天天有别的面孔,也许我变小了。"

"变小?"

他笑道:"不是体形上变小,而是重要性变小了。"

卢埃林接着说:"我带了你妹妹的一些私人物品来,你妹夫觉得你应该会想保留。东西在旅馆里,不知你能否与我在旅馆共餐,或者你希望我把东西送到这儿?"

"我会很乐意收下的,我想听你把……把雪莉的事全告诉我,我已经将近三年没见着她了。我还是无法相信她已经去世。"

"我知道你的感受。"

"我想听你讲她的事,但……请别出言安慰我,你应该还信上帝吧,但我不信!抱歉我如此鲁直,但请你体谅我的感受。若真的有上帝,那么他也太残酷、太不公平了。"

"因为他让雪莉死掉?"

"没有必要讨论这件事了。请别跟我谈宗教,跟我谈谈雪莉吧,我一直到现在还不明白她怎么会出事。"

"她过街时被一辆大卡车撞倒辗过,当场死亡,未受什么痛苦。"

"理查德信上也这么写,但我以为……他只想避重就轻,理查德就是这样。"

"没错,他就是那样,但我不是。你大可相信雪莉是当场毙命,未受折磨。"

"是怎么发生的?"

"当时很晚了,雪莉一直坐在面海的户外咖啡馆,她离开咖啡馆时,没看路便过街了,结果卡车从街角绕过来撞到她。"

"她当时一个人吗?"

"是的。"

"那理查德呢?为什么没跟她在一起?太奇怪了,理查德应该不会让她在夜里一个人跑去咖啡馆吧,我以为他会照顾她。"

"你千万别怪他,理查德非常爱你妹妹,尽可能地看顾她,那天他并不知道雪莉离开家里。"

她面色一缓。

"原来如此,是我错怪他了。"

她合紧手。

"太残酷、太不公平、太没有意义,雪莉吃了那么多苦，到头来竟只享了三年福。"

卢埃林没有立即回应，只是坐着看她。

"恕我直言，你很爱你妹妹吗？"

"我爱她胜过世上任何人。"

"但你却三年没去见她，他们不断邀请你，你却从未去过？"

"我这边工作找不到人代理，很难走得开。"

"或许吧；但还是可以处理的。你为何不想去？"

"我想去呀，我想的！"

"但你有某种不能去的理由？"

"我跟你说过，我这边的工作……"

"你那么热爱你的工作吗？"

"热爱？并没有。"她似乎很讶异，"但这工作很有意义，能为人服务。这些孩子无人闻问，我认为——我真的这么认为，自己的工作非常有帮助。"

她的语气热切得异常。

"当然很有帮助，这点毋庸置疑。"

"这里当初百废待兴，我好不容易才让基金会重新站起来。"

"看得出你是非常优秀的管理人才，你很有个性，领导力又强。我相信你在这里帮助了很多人。工作好玩吗？"

"好玩？"她震惊地望着他。

"我说的又不是外国话,如果你爱他们,工作应该会很有意思。"

"爱谁?"

"孩子们啊!"

她悲伤地缓缓说:"不,我不爱他们……不完全是……不尽然以你所指的方式去爱。我希望我爱他们,但是……"

"但那样就会变成一种乐趣,而非职守了。你是这么想,对吗?职责才是你所需要的。"

"你为何这么说?"

"因为你整个人就是那种感觉。为什么会这样?"

卢埃林突然站起来,不安地踱着步。

"你这辈子都在做什么?我对你如此熟悉却又一无所知,实在是太诡异、太神奇、太……太令人难过了。我不知该从何说起。"

她只能愣愣望着懊恼不已的卢埃林。

"你一定觉得我疯了,你不懂,你怎么会懂?但我来这里是见你的。"

"你帮我把雪莉的遗物送过来,不是吗?"

卢埃林不耐烦地挥挥手说:"没错,我原本也那么以为,我是来帮理查德办一件他不想做的事。我没想到、完全没有料到,竟会是你。"

他靠向桌子,朝她凑近。

"听我说,劳拉,反正你迟早要知道的,不如现在就说。很多年前,在我开始传福音之前,我见过三次幻景,我想我遗传了我父亲那边的预视能力。我清楚地看见三件事物,正如我现在面对你这般清晰。

"我看见一张办公桌,桌后一位下巴宽实的男子。我看见一扇开向松林蓝天的窗户,以及一位有着粉红色圆脸、表情严肃如猫头鹰的男人。后来我都遇见并经历了那些场景。大办公桌后的男人是资助我们传教活动的富豪。后来我躺在疗养院病床上,看着覆上白雪的松林与蓝天,一位面粉脸圆的医师站在我床边,告诉我说,我不能再从事布道工作了。

"我看到的第三个画面就是你,是的,劳拉,你。就像现在面对你一样地清楚,画面中的你比现在年轻,但眼神一样哀愁,表情同样悲伤。我并未看到特定的场景,但隐约觉得背后有座教堂,之后背景便化成摇曳的火焰了。"

"火焰?"

她惊愕无比。

"是的,你遇过火灾吗?"

"有,我年纪还小的时候遇过一次。可是教堂⋯⋯是哪种教堂?天主教堂吗?有穿蓝袍的圣母像吗?"

"我并未看到那么确切的东西,画面中没有颜色或光线,感觉十分阴冷灰扑扑,还有⋯⋯对了,有个洗礼盆,你站在洗礼盆旁边。"

他看到血色从劳拉脸上退去,她慢慢抬手抚住自己的太阳穴。

"那对你来说有什么意义吗,劳拉?那代表什么意思?"

"雪莉·玛格丽特·伊夫琳,以天父及圣子之名……"她的声音逐渐消失。

"那是雪莉的洗礼仪式,我是她的代理教母。我抱着她,好想把她扔到石地上!巴不得她死!我当时就是那么想的,我希望她死,而如今……如今……她真的死了。"

劳拉突然垂下头,将脸埋在掌中。

"劳拉,亲爱的,我明白,噢,我明白了。那么火焰呢?也有涵义吗?"

"我祈祷,是的,祈祷……还点了许愿烛。你知道我许了什么愿吗?那时的我希望雪莉死掉,而现在……"

"别再说了,劳拉,别再说下去了。那场火……究竟发生了什么事?"

"那天晚上,我醒来看到烟,屋子着火了,我以为自己的祈祷应验了,接着我听到宝宝的哭声,一切就都变了,我一心只想救出宝宝,我办到了,她连灼伤都没有。我把她带到草地上,然后发现一切都消失了:嫉妒、争宠之心,全都荡然无存,我好爱她,爱她爱得要命。此后我就一直非常疼爱雪莉了。"

"亲爱的，噢，亲爱的！"

卢埃林越过桌子，再次朝她靠去。

他急切地说："现在你明白，我来这里是……"

卢埃林的话被开门声打断了。

哈里森气喘吁吁地走进来说："专科医师布拉格先生到了，他在 A 病房，想见你。"

劳拉站起身。

"我马上就去。"哈里森离开后，劳拉连忙表示："对不起，我得走了，你若能帮忙把雪莉的东西寄给我……"

"我希望你能到我下榻的旅馆与我共餐，查令十字车站附近的温莎旅馆，你今晚能来吗？"

"今晚恐怕不能。"

"那就明天。"

"我晚上真的走不开……"

"你明晚不用上班，我已经问过了。"

"我还有别的事，非去不可……"

"才怪。你在害怕。"

"好吧，我是害怕。"

"怕我吗？"

"大概吧，是的。"

"为什么？因为你认为我疯了？"

"不是，你没疯，不是那样。"

"但你还是害怕，为什么？"

"我不想被打扰，不希望……不希望生活方式受到干扰。唉！我不知道我在说什么，我真的得走了。"

"但你得跟我一起吃晚饭。什么时候？明天？还是后天？我会在伦敦等到你答应。"

"那就今晚吧。"

"早死早超生是吧？"卢埃林哈哈笑道，劳拉没想到自己竟跟着笑了，接着她表情一敛，快速走到门边。卢埃林让到一旁，帮劳拉开门。

"温莎旅馆，八点钟，我等你！"

第二章

劳拉坐在公寓寝室的镜子前，嘴角含笑地端详自己的面容。她右手握着口红，垂眼看着镀金盒上刻的字样：致命的苹果。

她实在不解，为何自己会冲动地走进每天经过、香气迷人的精品店中。

店员拿出一堆口红，在涂着深红色指甲油的纤细手背上，为她一一试搽。

劳拉看着一道道粉红、樱桃红、深红、栗色及紫红色的口红，有些除了名称外，颜色几乎难以区分，劳拉觉得那些名称妙极了。

粉色闪电、奶油甜酒、迷雾珊瑚、幽静的粉红、致命的苹果。

吸引她的是口红的名称,而非颜色。

致命的苹果……让人想到夏娃、诱惑与女性的魅力。

劳拉坐在镜前,细细涂染唇彩。

鲍弟!她想到多年前一边拔着杂草、一边对她说教的鲍弟。他是怎么说的?"展现女人的风味,高举你的旗帜,寻猎你的男人……"之类的话。

她现在就是在寻猎男人吗?

劳拉心想:"没错,正是那样,就今晚这一次吧,我想当个女人,像其他女人那样展现自己、打扮自己,吸引要的男人。我以前从没想要过,也不认为自己是那种人,但我毕竟是女人,只是我从不自觉罢了。"

鲍弟的影像如此清晰,劳拉几乎可以感觉他站在自己身后,点着那颗大头表示赞同,并用粗哑的声音说:"这就对了,小劳拉,一点都不嫌晚。"

亲爱的鲍弟……

在她此生,鲍弟这位朋友总是忠实诚恳地一路相陪。

劳拉忆及两年前,鲍弟临终时,他们派人来找她。等她抵达,医师表示鲍弟或许无法认出她了,因为他的状况急转直下,已陷入半昏迷。

劳拉坐在鲍弟身边,握住他那粗糙的手。

鲍弟动也不动地躺着,偶尔咕哝几声,仿佛发怒似的喃喃吐出一连串字。

有一次鲍弟张开眼,茫然地看着她说:"那孩子呢?你能找她来吗?千万别对她说,看见人死是不吉祥的,死亡只是一种经验……孩子有他们接受死亡的方式,比我们大人还行。"

她答道:"我就在这儿呢,鲍弟,我在这里。"

可是鲍弟又闭上眼,愤愤地嘀咕说:"快死了?我才没有,医生全一个样,狗嘴里吐不出象牙,老子就活给他们看。"

说完又陷入半昏迷,偶尔碎念一下,你便知道他在回忆什么。

"蠢蛋……毫无历史概念……"接着鲍弟突然咯咯笑起来,"柯蒂斯那个老鬼,我的玫瑰天天都长得比他的美。"

然后劳拉听到她的名字。

"劳拉……该让她养只狗……"

她听糊涂了,狗?干嘛养狗?

接下来,鲍弟似乎在跟管家说话:"……还有把那些恶心的甜食拿走,小孩爱吃,我看了却觉得恶……"

当然,那些与鲍弟的奢华茶聚,曾是她童年的大事。他费了好大周章去张罗:闪电泡芙、蛋白糖霜脆饼、马卡龙……泪水涌入劳拉眼中。

接着鲍弟突然张开眼看着她,认出她来,并对她说话了。鲍弟不疾不徐地说道:"你不该那么做,小劳拉。"他说:"你不该那么做,那样只会带来麻烦。"

最后,鲍弟以极其自然的方式,在枕上微微偏过头,去世了。

她的朋友……

她唯一的朋友。

劳拉再度望着镜中自己的脸庞,被眼前的景象吓了一跳。是深红的口红勾勒出她的唇线吗?那丰润的嘴唇,一点都不矜持,劳拉大方地注视自己。

她像跟自己辩论似的扬声说道:"我为什么不该打扮得美些?就这么一回?只为今晚?我知道嫌迟了,但我为什么不能体会那种感觉?就算为了有个美好的回忆……"

❖

卢埃林见面即问:"你怎么了吗?"

劳拉回望卢埃林,突然害羞起来,但她掩住情绪,恢复淡定,仔细端视卢埃林。

她喜欢他的长相,他并不年轻,事实上,看起来比他的年纪还要老成(她从报上得知他的年龄),但他有种奇异的稚气,让她觉得十分可爱。他带着急切、羞赧及充满期待的表情,仿佛世上一切对他而言都是新的经验。

"我没怎么呀。"她让卢埃林帮她脱下外套。

"可是一定有，你变得不同了……跟今早很不一样！"

她淡淡答道："不过就是上点妆、搽点口红而已！"

他欣然同意。

"原来如此。没错，我原本觉得你的嘴唇比大部分女生苍白，看起来有点修女的味道。"

"嗯……是吧，我想也是。"

"你现在看起来好可爱，真的可爱。你的确可爱，劳拉。你不介意我这么说吧？"

她摇摇头，"不介意。"

她心中在呐喊："再多说几遍吧，这是我应得的。"

"我们就在我房中客厅用餐，我想你会比较喜欢这样。你不会介意吧？"

他紧张地看着劳拉。

"这样安排很好。"

"希望晚餐也很完美，但恐怕无法如愿，我现在才想到食物的事，希望你会喜欢。"

她对卢埃林笑了笑，坐到桌边，卢埃林摇铃请侍者上来。

劳拉觉得宛如做梦。

因为这不是今早到基金会见她的那名男子，而是另一个人。一个更年轻、生涩、热情、腼腆、急于取悦她的人。

劳拉突然觉得："他二十岁时一定就是这个样子，这是他错失的青春,他想追回过去。"

有那么一会儿,伤感绝望涌上她的心头。这太不真实了,两人像在合演一出过去的戏,由年少的卢埃林和年轻的劳拉担纲演出,这可笑亦复可悲的时空错乱却有着奇异的甜蜜。

两人吃着并不出色的饭菜,却均未多予留意。他们一起探索"柔情的领域"①,高声谈笑着,不在意自己说了些什么。

等侍者终于离开后,劳拉将咖啡放到桌上。

"你知道我的事,知道得很多,我却对你一无所知,告诉我吧。"

卢埃林对她诉说年少的自己、他的父母与成长背景。

"他们还健在吗?"

"我父亲十年前去世了,母亲去年也走了。"

"他们……你母亲……很以你为傲吗?"

"我想我父亲并不喜欢我的布道方式,他讨厌煽情的宗教活动,但他接受了,因为那是我唯一的方式。母亲较能理解,她很以我的声名为荣,做母亲的都这样,但她也很难过。"

---

① 柔情的领域(Pays du Tendre)系 16 世纪中叶多位法国学者所绘制的想象地图,将当时爱情路径的思想具象地呈现。

"难过？"

"因为我错失了很多普通人该有的东西，由于欠缺这些经验，使我与他人格格不入，当然也难以与她亲近了。"

"是的，我明白。"

劳拉忖着。卢埃林继续诉说自己的故事，劳拉觉得相当精彩且完全超乎她的经验。有些布道手法颇令她反感，劳拉表示："实在太商业化了。"

"布道手法吗？噢，没错。"

她说："我想了解，说真的，你觉得……你当时觉得，传道真的很重要，很有意义吗？"

"你是指对上帝吗？"

劳拉吓了一跳。

"不，我不是指那个，我是指……对你。"

卢埃林叹口气。

"这真的很难说明，我曾试图跟理查德解释，我从未想过那么做有没有意义，只认为那是一件我非做不可的事。"

"假如你是对一片空荡荡的沙漠传道，也会用同样的方法吗？"

"就我来说，是的，但演说应该就不会那么精彩了。"他咧嘴一笑，"没有观众，演员演不好戏，作者需要读者，画家需要展出画作。"

"听起来你似乎不在意成果，而我就是不明白这点。"

"我根本无从知道会有什么成果。"

"但那些数据、统计、皈依者,全都可以排列成表,写成白纸黑字呀。"

"是的,我知道,但那是机械的人为计算,我并不清楚上帝想要什么成果。劳拉,请你了解:假如在千万名前来听我布道的人当中,上帝只要一个人,一个灵魂有所觉知的人,并选择以那种布道方式去接触那个灵魂,这就够了。"

"听起来像是拿牛刀杀鸡。"

"用人类的标准来看的确很像。人的问题就在于,我们总是把人类的价值标准或是否正义强加在上帝身上。我们并不明确、也无法明了,上帝究竟要人做什么,只觉得上帝可能对我们有所期许,而我们还没做到。"

劳拉表示:"你呢?上帝现在要你做什么?"

"噢……就当个普通人吧,设法糊口、娶老婆、成家、敦亲睦邻。"

"那样你就满足了吗?"

"满足?我还需冀求别的吗?男人还应多要求什么?我算是个失去十五年平凡生活的残疾人士,关于这点,得靠你帮忙了,劳拉。"

"我?"

"你知道我想娶你吧?你一定知道我爱你吧?"

243

劳拉白着脸坐看卢埃林,刚才梦幻般的盛宴结束了,此时他们又恢复本貌,回到当下,恢复两人惯有的模样。

劳拉缓缓答道:"那是不可能的。"

卢埃林不假思索地问:"是吗?为什么?"

"我不能嫁给你。"

"我会给你时间习惯。"

"时间也不能改变什么。"

"你的意思是,你永远不会爱上我?请恕我这么说,劳拉,我不认为那是真的,我认为你已对我有点动心了。"

情感如火焰般在她心中燃动。

"是的,我可能会喜欢上你,我确实很喜欢你……"

卢埃林柔声说:"太好了,劳拉……最最亲爱的劳拉,我的劳拉。"

她伸出手,仿佛想将他推开。

"但我不能嫁给你,我无法嫁给任何人。"

他紧瞅住她。

"你在想什么?你有心事。"

"是的,我有心事。"

"你发过誓要终生行善?过独身生活?"

"不,不是的,不是!"

"对不起,我只会讲蠢话,请告诉我,亲爱的。"

"好吧,我非告诉你不可,我本以为这件事应该永远不对任何人说的。"

"或许吧,但你一定得告诉我。"

劳拉站起来走到壁炉边,她避开卢埃林的眼神,开始沉静地述说。

"雪莉的第一任丈夫在我家中过世。"

"我知道,她跟我提过。"

"那晚雪莉不在,家里只剩我跟亨利,他每晚得服重剂量的安眠药,雪莉出门时曾回头对我说,她已喂亨利吃过药了,但我已回到屋里。当我十点钟去看亨利时,他表示晚上的药还没吃,我便帮他拿药。其实,他已经吃过药了,结果一困便搞混了,以为还没吃过,服用那种药物的人常会有这种情形。结果,双倍的药量害他丧命。"

"你觉得自己有责任?"

"都是我害的。"

"就技术层面而言,是的。"

"不仅是技术层面而已,我知道他服过药,雪莉对我喊时,我听见了。"

"你知道双倍的药量会致死吗?"

"我知道有可能。"

她又强调说:"我希望能致死。"

"我明白了。"卢埃林的态度十分平静,"他原本就治不好了,不是吗?我是说,他注定要终身残废。"

"那不是安乐死,如果你要说的是这个的话。"

"后来呢?"

"我负起全责,却没人责怪我,问题变成了:是否有自杀的可能;也就是说,亨利是否故意告诉我他尚未服药,以取得第二剂药。由于亨利经常表示绝望、愤怒,因此药丸一向摆在他拿不到的地方。"

"你对自杀一说有何反应?"

"我说我觉得不可能,亨利绝不会有轻生念头,他会继续活很多很多年,而雪莉则会随侍一旁,忍受他的自私与坏脾气,为他牺牲一辈子。我希望她快乐地好好生活。在发生这件事不久前,她认识了理查德,两人彼此相爱。"

"是的,她跟我说了。"

"在一般情况下,她可能会离开亨利,但亨利病了、残了,样样得靠她,她无法抛下那样的亨利。即使雪莉已不再爱他,但她仍会不弃不离,雪莉是我所知最忠贞的人。噢,你难道不明白吗?我无法忍受她一生被浪掷、糟蹋,我才不在乎他们要怎么处置我。"

"但实际上,他们并未对你做任何惩处。"

"是的。有时我真希望他们有。"

"你一定会那么觉得,其实他们真的不能怎样,即使你是蓄意的,即使医生怀疑你想将他安乐死,甚至谋杀他,也会知道案子难以成立,他们也不会想让案子成立。若有人怀疑是雪莉下的手,那又是另一回事了。"

"从没有人那样怀疑过,有个女仆听见亨利对我说他还没吃药,请我把药给他。"

"所以一切就都顺理成章了,就这么简单。"他抬眼望着劳拉,"你现在是何感觉?"

"我希望雪莉能自由地去……"

"别管雪莉,这是你和亨利的事。你对亨利是什么感觉?那样做最好吗?"

"不是。"

"愿主垂怜。"

"亨利并不想死,是我杀了他。"

"你后悔吗?"

"如果你指的是,我会不会再做一遍,我会。"

"不后悔?"

"后悔?当然会后悔,我知道那是邪恶的事,我一直无法忘怀。"

"所以就跑来启智儿童基金会行善,拼命把职责往身上揽?这是你自赎的方式吗?"

"我只能这么做。"

"有用吗?"

"什么意思?这样做能帮很多人。"

"我指的不是别人。这样做对你有帮助吗?"

"我不知道……"

"这是你想要的处罚,是吗?"

"我想,我是想做点补偿。"

"补偿谁?亨利吗?但亨利已经死了,据我听到的说法,亨利决计不会去关心智障儿。你必须面对现实,劳拉,你补偿不了的。"

她定定杵立片刻,像受到极大震慑。接着她仰起头,红着脸,挑衅地看着卢埃林,他的心突然狂跳起来。

"没错,"她说,"或许我一直在逃避这件事,你让我看清了自己的无能为力。我跟你说过,我不相信上帝,其实我是信的,真的。我知道自己的做法很阴毒,我相信自己将万劫不复,除非我能痛悔,但我并不懊悔,我毫无迟疑地这么做了,只希望雪莉享有幸福的机会、快乐地活着,而她真的很快乐。噢,我知道为期不长,仅有短短的三年。但她若能幸福满足地过上三年,即使年纪轻轻便走了,也都值得。"

卢埃林看着劳拉,一股冲动涌上心头。他好想闭嘴,对她封藏真相,让她保留美好的幻想,因为那是她唯独仅有的了。他爱劳拉,怎忍心打击她?她永远不需要知道真相。

卢埃林走到窗边拉开窗帘,愣愣望着燃亮的街灯。

卢埃林转头嘶哑地说:"劳拉,你知道雪莉是怎么死的吗?"

"被车子轧过……"

"没错,但她怎会被车子轧过,这点你就不知道了。雪莉喝醉了。"

"喝醉?"她无法理解地重述道,"你是说……当时有派对吗?"

"没有派对,雪莉偷偷出门跑到镇上,她偶尔会到镇里的咖啡馆喝白兰地,她不是经常那样,通常只在家喝,用薰衣草水混古龙水,喝到昏倒为止,仆人都知道,只有理查德不晓得。"

"雪莉……喝酒?但她从不喝酒的!不是那种喝法!为什么?"

"因为她无法承受被过度呵护的日子,所以喝酒逃避。"

"我不相信。"

"是真的,她亲口告诉我的。亨利死后,她就像迷了途的人,像个迷失、困惑的孩子。"

"可是她爱理查德,理查德也爱她。"

"理查德的确很爱她,但她是否爱过理查德?雪莉其实是一时情迷,后来又因悲伤及承受长期照顾残疾的压力,而意志不坚地嫁给理查德了。"

"而且她并不快乐……我还是无法相信。"

"你对你妹妹了解多少?一个人在不同人的眼里会是一

样的吗？在你眼里，雪莉一直是当年那个从火窟中救出来、脆弱无助的婴孩，总是需要爱与保护。但我对她的看法截然不同，虽然我也有可能跟你一样是错的。我觉得雪莉是位勇敢、侠气、敢于冒险的女性，能承受打击，屹立坚持，她需要砥砺才能唤起所有斗志。她虽然疲累憔悴，却赢得自己的战役，在自己选择的人生中燃烧发亮。她将亨利从黑暗引向光辉，亨利去世的那晚，她是志得意满的。她爱亨利，亨利才是她所要的，她的生活虽然辛苦，却充满热情与价值。

"后来亨利死了，她被层层的药棉与缠布包覆住，受到极大的关爱，她虽挣扎，却无法挣脱束缚。于是雪莉开始借助酒精，酒能淡化现实，女人一旦染上酒瘾，便很难戒了。"

"她从没告诉我说她不快乐，从来没有。"

"她不希望你知道。"

"竟然是我害的……是我？"

"是的，可怜的孩子。"

"鲍弟老早就知道了，"劳拉缓缓说，"难怪他会说：'你不该那样做的，小劳拉。'鲍弟很早很早以前就警告过我。不要干预。我为什么会那么自以为是？"接着她突然转身面对卢埃林，"她该不会是……故意自杀的吧？"

"这是个没有结论的问题，是有可能。雪莉直接从人行道走到卡车前面,理查德内心深处相信她是自杀的。"

"不,噢,不!"

"但我不这么认为,雪莉没那么脆弱,她虽然经常感到绝望,但我不相信她会真的放弃自己。雪莉是斗士,我觉得她会继续奋战下去,只是酒瘾很难说戒就戒,偶尔难免故态复萌。我认为她是在无意识或不清楚去向的状态下走下人行道的。"

劳拉颓坐在沙发上。

"我该怎么办?噢,我该怎么办?"

卢埃林走过来揽住她说:"你会嫁给我,重新出发。"

"不,不会的,我绝不会嫁给你。"

"为什么?你需要爱。"

"你不懂,我得为自己的罪付出代价,每个人都必须如此。"

"你太执着了。"

劳拉重申道:"每个人都必须那么做。"

"是的,我同意你的说法,可是,难道你不明白吗,我亲爱的孩子……"卢埃林迟疑着要不要把最痛苦的事实告诉她,"因为有人已经为你所做的付出代价了,雪莉已经付出代价。"

她惊惧地望着卢埃林。

"雪莉为我的罪行……付出代价?"

他点点头。

"是的,你只能接受事实。雪莉付出代价,已经走了,你欠的债已一笔勾销。你得往前看,劳拉,你不必忘记过去,但不能被回忆牵绊,漠视当下。你必须拥抱快乐,而非惩罚。是的,亲爱的,接纳幸福吧,别只一味地付出,要学着接受。上帝对每个人都有奇特的安排,我相信他要赐给你幸福与爱,你就虚心地承受吧。"

"我没办法,我做不到!"

"你非做到不可。"

卢埃林将她拉起来。

"我爱你,劳拉,你也爱我……虽然不如我爱你深,但你的确爱我。"

"是的,我爱你。"

他吻着她,绵长而渴望。

两人分开时,劳拉颤声轻笑:"真希望鲍弟知道,他一定会很开心!"

她挪开身子,脚下一软,险些跌倒。

卢埃林扶住她。

"小心,有没有受伤?差点撞到大理石的壁炉架了。"

"瞎说。"

"是啊,是夸大了些,但你可是我的宝贝……"

她对卢埃林一笑,感觉到了他的爱与担忧。

他好疼爱她,这是她童年时所渴求的。

劳拉不自觉地垂下肩头,突然间仿佛有个轻轻的包袱放上了她的肩头。

劳拉有生以来,第一次体会到何谓爱的重量……

特别收录

玛丽·韦斯特马科特的秘密

罗莎琳德·希克斯（Rosalind Hicks，1919-2004）

早在一九三〇年，家母便以"玛丽·韦斯特马科特"（Mary Westmacott）之名发表了第一本小说。这六部作品（编注：中文版合称为"心之罪"系列）与"谋杀天后"阿加莎·克里斯蒂的风格截然不同。

"玛丽·韦斯特马科特"是个别出心裁的笔名，"玛丽"是阿加莎的第二个名字，韦斯特马科特则是某位远亲的名字。母亲成功隐匿"玛丽·韦斯特马科特"的真实身份达十五年，小说口碑不错，令她颇为开心。

《撒旦的情歌》于一九三〇年出版，是"心之罪"系列原著小说中最早出版的，写的是男主角弗农·戴尔的童年、家庭、两名所爱的女子和他对音乐的执著。家母对音乐颇多涉猎，年轻时在巴黎曾受过歌唱及钢琴演奏训练。

她对现代音乐极感兴趣，想表达歌者及作曲家的感受与志向，其中有许多取自她童年及一战的亲身经历。

柯林斯出版公司对当时已在侦探小说界闯出名号的母亲改变写作一事，反应十分淡漠。其实他们大可不用担心，因为母亲在一九三〇年同时出版了《神秘的奎因先生》及马普尔探案系列首部作品《寓所谜案》。接下来十年，又陆续出版了十六部神探波洛的长篇小说，包括《东方快车谋杀案》、《ABC谋杀案》、《尼罗河上的惨案》和《死亡约会》。

第二本以"玛丽·韦斯特马科特"笔名发表的作品《未完成的肖像》于一九三四年出版，内容亦取自许多亲身经历及童年记忆。一九四四年，母亲出版了《幸福假面》，她在自传中提到：

"……我写了一本令自己完全满意的书，那是一本新的玛丽·韦斯特马科特作品，一本我一直想写、在脑中构思清楚的作品。一个女子对自己的形象与认知有确切想法，可惜她的认知完全错位。读者读到她的行为、感受和想法，她在书中不断面对自己，却自识不明，徒增不安。当她生平首次独处——彻底独处——约四五天时，才终于看清了自己。

"这本书我写了整整三天……一气呵成……我从未如此拼命过……我一个字都不想改,虽然我并不清楚书到底如何,但它却字字诚恳,无一虚言,这是身为作者的至乐。"

我认为《幸福假面》融合了侦探小说家阿加莎·克里斯蒂的各项天赋,其结构完善,令人爱不释卷。读者从独处沙漠的女子心中,清晰地看到她所有家人,不啻一大成就。

家母于一九四八年出版了《玫瑰与紫杉》,是她跟我都极其喜爱、一部优美而令人回味再三的作品。奇怪的是,柯林斯出版公司并不喜欢,一如他们对玛丽·韦斯特马科特所有作品一样地不捧场。家母把作品交给海涅曼(Heinemann)出版,并由他们出版她最后两部作品:《母亲的女儿》(1952)及《爱的重量》(1956)。

玛丽·韦斯特马科特的作品被视为浪漫小说,我不认为这种看法公允。它们并非一般认知的"爱情故事",亦无喜剧收场,我觉得这些作品阐述的是某些破坏力最强、最激烈的爱的形式。

《撒旦的情歌》及《未完成的肖像》写的是母亲对孩子霸占式的爱,或孩子对母亲的独占。《母亲的女儿》则是寡母与成年女儿间的争斗。《爱的重量》写的是一个女孩对妹妹的痴守及由恨转爱——而故事中的"重量",即指一个人对另一人的爱所造成的负担。

玛丽·韦斯特马科特虽不若阿加莎·克里斯蒂享有盛名,但这批作品仍受到一定程度的认可,看到读者喜欢,母亲很是开心,也圆了她撰写不同风格作品的宿愿。

(柯清心译)

——本文作者为阿加莎·克里斯蒂独生女。原文发表于 *Centenary Celebration Magazine*。